帰国おばさんのワクワクドキドキ旅日記

ルーティスハウザー徳野美代子
Miyako Rutishauser

澪標

目次

I　2012年3月〜2016年8月

II　２００２年４月～２００９年７月

装幀　森本良成

I

2012年3月～2016年2月

イスラエルへの旅　2012年3月

「反イスラエル強まる、ガザ停戦合意4か月」という2014年12月26日の読売新聞の国際の頁の大きな見出しに写真はベツレヘムの聖カテリーナ教会のクリスマスミサの模様だ。

相も変らぬ紛争の詳細には慣れっこで驚きもないが、聖堂の写真に誘われて2012年3月のイスラエルへの旅を辿ってみる。

そのうち書こうと思って取っておいたデジカメの写真やパンフレット、ツアーのメモやホテルの領収書などを目の前にして、さてどこから手をつけたものかとグズグズしているうちにも世界の情勢はどんどん動いている。当時は聞いたこともなかった「イスラム国」などという脅威のテロ組織の台頭で中東情勢はさらなる緊張感を増す昨今だ（さらに先週のパリの新聞社銃撃事件は世界を震撼させ、その余波は現在進行中だ）。

メディアが伝えるニュースは常に物騒なものばかりでその時も、いつまで待ってもこの地に平和と安全が保障される日がくることなんかないのだと、周囲が「一人で大丈夫?」と心配する中、フライト、ホテル、各地への現地ツアー参加をインターネットで予約し、決定のゴーサインを出す。それは、休暇にお出かけという悠長な気分ではなく、自らに課した試練の遂行という方がしっくりする出発前の意気込みだった。

意識のどこかで、それまでの何でも夫任せ、彼が敷いたレールに乗っかっているだけの楽チンパターンを反省し、自立しなければ、という思いで構えていたのだと思う。それがその半年前に突然訪れた私の「お一人様の老後」に直面しての心境だった。

そんな事後整理の混乱の中で、とにかく外へ出よう、違う場所から抱える問題にスポットライトを当ててみるのもいい、というポジティブな自分の声に〝あーあ……面倒くさい、何でわざわざ用もないのに、ましてや紛争だ、テロだと物騒なところへ好き好んで行かなくちゃならないの、どうせならギリシャあたりのビーチがストレス解消になるんじゃないの……〟という怠惰なクセの沁みついたもう一つの声も誘惑にかかる。

それを振り払って、「お一人様」の再出発第一歩の旅は子供の頃から親しんだ聖書の世界、まだ一度も行ったことのないイスラエルと決定。聖書はじめ、映画や本から得られた頭の中の数々のイメージ、今の自分の目にどう映るのか、好奇心は膨らんでいった。

バーセルから空路4時間で空の玄関テルアビブに降り立った時はこんなに簡単に来られたことに拍子抜けし、ああでもない、こうでもないと独り相撲をして力んでいた自分が滑稽。まずは入国審査からいい意味で予想を裏切るような係官の親切な対応に先入観に支配された自分の認識をリセットしなおす。

第一日目は超モダンな外観のテルアビブ。市内へは空港からほんの10数キロとガイドブックにあるのに、ラッシュアワーにぶつかり、タクシーで一時間以上もかかって、この時が旅行中、唯一少し、不安になった場面だ。

その間、運転手が国の政治について、税金の高さについて、私相手に怒っていた。「みんな夜通し働いている、国民はどんなに一生懸命働いても収入は大方、税金に取られて生活は苦しい……それもこれも国防にお金が掛かりすぎる！」と。

ホテルのレセプションは無人でロビーに人はあちらこちらにいるが、パソコンをしたり新聞を読んだり、何とも、無防備で、のんびりした空気が意外。やっと奥から係りが出てきて、チェックイン。

インターネットで申し込んでおいた翌日のエルサレム行きのツアーがちゃんと登録され認知されているか、時間はそれでいいのか、こんな小さなホテルまで迎えにくるのか、色々心配でしつこく確認をしたけれど、ＯＫ、ＯＫ、大丈夫！　とあまり真剣に取り合ってもらえない感じ。

この心もとない感じは旅の間ずっとついて回る。考えてみるに、彼らはもうすでに何千年もメシアを待っているのだ……この期に及んで何をジタバタするというのだ……こんな約束なんか目のゴミ程もない些細な事なのだ。

翌朝、本当にちゃんと迎えが来たときは「やったー！」と快哉を叫んだ。蛇足ながら、旅の愉しさは意外にもこんなささやかなものなのだ。

二日目の朝、あちらこちらのホテルから回収されたツアー客とバスターミナルで合流し、40キロ離れたエルサレムを目指して大型バスはアウトバーンを飛ばす。

城塞に囲まれた首都、中心部の旧市街へ入場する前に先ずは町を見下ろす小高い丘から3千年の歴史の舞台をパノラマビューで見物。青空の下、金色に輝くドーム、十字架やミナレットを載せた尖塔などが面積わずか4～5キロ平米の敷地の中で、それぞれの存在を顕示しながらも仲良く納まっている。

30代半ばのユダヤ青年ガイドに引率され、一行はヤッホォ門から旧市街へ。城塞の内部は土産物屋や飲食店やバザール他諸々がぎっしり棟を連ねる迷路のように入り組んだ狭い道が四方八方に走っている。

観光客のみならず、市民の生活の場でもあるのだ。そんな道を抜けて明るいユダヤ人地区の「嘆きの壁」の広場に出た。ガイドさんの説明を受けてから自由行動の一時解散。早速、お祭りのような雑踏の中、男女が左右に別れた列に並んで壁の方に進む。

あちらこちらに置かれたスタンドの周りは真剣な面持ちで「願い」に取り組む人々で賑わっている。その姿に触発され〝よし、やってみよう〟とこちらも小さなメモ用紙に想いを集中してみる。

小学生からティーンエージャー、若い母親、黒っぽい服装の老女や巡礼の婦人たち、その真摯な祈りの横顔に、ムムム……付け焼刃の異邦人の願いなど天まで届く訳がないだろう……とは思いつつもそっとメモを差し込んだ。

反対側のスペースではユダヤ人ファミリーのセレモニーらしく、礼服姿の一族が打ち揃って歌ったり踊ったり。周囲の見物客にも飴玉のようなお裾分けが放られ歓声が上がる、のどかで平和な一コマだ。

毎週木曜日は家族のお祝いの日で、この日は男の子の成人式とのこと。戒律に従って生活する伝統的ユダヤ教徒の家族の結束は強く、その中にいる限り孤独に陥ることはないが、完全な個人の自由もないのだろうなどと広場で走り回る幼い子供たちの、頭のてっぺんから足の先まで完璧な正装を眺めつつ考えた。

勿論、一方でTシャツにジーパンに象徴されるガイド氏自身のような西欧化されたリベラルなユダヤ人も多いとの事。


復活祭をエルサレムで、というのが元々の希望だったのが、宿が取れずに、一週間前倒ししたという経緯があるが、それでもイースターというピークに向かって次第に盛り上がっていく様々なイベントは、まるで野外劇場でライブをみているような臨場感で自分もすっかりその場のエキストラ気分だ。

翌日、一人で旧市街をブラブラしていて偶然、迷路の中の「Via Dolorosa＝悲しみの道」では実際に信者たちが十字架を担いでゴルゴタの処刑場の丘まで2千年前のイエスの十字架の道行きを再現というプログラムに出会った。

これは毎週金曜日のイベントと後から知ったが、毎回メンバーは変わるらしい。道行きは1番から終点15番まであり、それぞれの場面の物語がある。子供のころ、田舎の小さな教会の壁に順番に掛かっていた懐かしい画像群の原型なのだった。

イエスの役を務める、白っぽい長衣の主役、各番所で祈りのリーダーを務める神父さま。それに唱和する信者達のまさに今が処刑の当日でもあるかのような悲壮な表情のグループの行進の後ろについて歩く。聞けば　敬虔なカトリック国ポーランドからはるばる巡礼の旅だそう。

1番所の麓の法廷（当時）から全長ジグザグ1キロの坂道の終点はイエスの骨が埋葬されているとされる聖墳墓教会だ。

中は世界中からの各宗派の巡礼客や観光客でごった返しているが、さすがに荘厳な雰囲気が漲っている。

思い思いの対象に向かって行列しては順繰りに流れていく。一通り見物してから教会の外にでる。重い想念のエネルギーに圧倒されて心身共にぐったり。

頭をからっぽにしようと教会を出てウィンドーショッピング。そうだ、ここで何か小さな記念品を買おう。この教会に一番近い土産屋で、と決め、迷わず中に入ると、早速、愛想のいい親父さんが出て来て、あれこれ勧める。

ここの十字架がどうして縦横同じ長さなのか、などど講釈しながら、自分の方から値引きをオファー。勿論、これが上手な商売のイロハだと分かっていても、何だか得をした気になる。何だかんだと世間話をしていると、中から家の人の声。

ゴメンな、祈りに行く時間なんだ、息子がよんでいる、とソワソワ。急いで支払いをすませ、祈りはどこで？　と聞くと、あっちの方のモスクへ1日5回、アラーの神様に祈りに行くんだ、と。

聖墳墓教会の足元で十字架を売るイスラエルのムスリム父子が目の前でアラーの神の元に急いでいた！

これは正真正銘の実話だが、本当のところはそれ程目を白黒させるようなエピソードではないのかも。だからこそ、あんな狭い所に犇めき合ってそれぞれの宗教を旨とした日常生活が可能なのだろう。

メディアから得た情報やイメージはほんの一部であり、みんながみんなガチガチの「原理主義者」ではない、適当にお茶を濁しつつ、生活（商売）と信仰を両立させて平和に暮らしているのだ。大方の人間とはそういうものなのだ、と何だか可笑しくなった瞬間だ。

エルサレムでは旧市街へ徒歩15分のホテルを拠点にして城塞の外のモダンな町の中をト

ラムやバスで回った。

　至る所に警備兵の姿があり、若い女性兵の多さが印象に残った。道を聞くのにとても便利だったが、これが、初日に乗ったタクシードライバーのこぼしていた〝国防費〟のことだと納得。概ね、とっつきにくい感じだが、必要な事はきちんと教えてくれる上、周囲に目を光らせている様子が、旅行者にとって頼りになる存在と言える。


　三日目、再び、早朝出発の「ナザレ、ティベリアとガリラヤ湖へのバスツアー」。5時半にお迎えが来るので、前日にレセプションでモーニングコールを頼むと、じゃあ朝食はお弁当にしておきますとの嬉しい申し出。

　翌朝、ロビーでサンドイッチにチョコバー、キュウリやオレンジがそのまま入った「ドカ弁！」を受け取って待機する。約束の時間はどんどん過ぎていく。だんだん不安になり、何度も問い合わせを頼んでみるが、例によって「大丈夫、大丈夫」と取り合ってくれない。

　1時間近くたってようやく迎えが来る頃はアドレナリン全開！　全く心臓に悪いことこの上ない！　こんな時が一人旅のデメリット。ああだこうだと言いあう相手がいないのだ。しかし、喉元過ぎれば……で、バスの座席に納まり、ガイドの話を聞きながら次の目的地に想いを馳せる頃には気分はすっかりリセットされている。

ナザレはエルサレムから140キロ北の、聖母マリアが受胎告知を受け、イエスが伝道生活を始めるまでの30年余りを過ごした町で、巡礼客には不可欠のスポットだ。

この日も世界中からの巡礼者や旅行客で溢れていた。中心広場にはシンボル的教会が威風堂々という趣で立っている。

ガイドに引率されて、広場近くの土産物屋でフリーのドリンクを供された後は、自由行動。早速、カテドラルへ進み、世界中の教会から寄贈されたという宗教画で飾られた聖堂までの回廊を見物。

中央の祭壇の部分だけが洞窟のような当時を偲ばせる剥き出しの岩肌をローソクの灯りで浮き上がらせている、そこが受胎告知の場所だそう。次々、手すり越しに覗いて進む見物客に並びながら、辺りを見回す。

見上げる頭上2階の壁に掛かった、日本から寄贈された——真珠がふんだんに使われているという——和風マリア像のブルーの色調が一際印象に残った。

建物の外ではあちらこちらで作業服の人々が大きなヤシの葉や作業道具を担いで忙しそうに動き回っていた。来るパームサンデーの祭の準備なのであろう。

再びバスは北上し、ガリラヤ湖の中心地ティベリアへ。その名をローマ皇帝に由来する古い歴史、そしてイエスが主に布教活動を展開した聖書物語の中心地だ。ローマ浴場や城塞の遺跡がそこかしこにあり、道端の石ころにも歴史がありそうな趣が漂う。岸辺には第一弟子の、ペトロの家の跡が再現されている。イエスが、不漁で困っていたペトロを助けた湖だ。

何かの折に、水の上を歩いたとされるのはどの辺だろう……遠くに見える丘は　求めよ、さらば与えられん、……の有名な「山上の垂訓」の山だろうか……などと夢想しつつ散策。たわわに咲き誇るブーゲンビリアの濃い赤紫、名も知らぬ亜熱帯植物の豊満な朱色、足元の涼しげな菜の花の黄色、そんな湖畔の道を時折、野良猫が我が物顔で横切る。

雑草の中に打ち捨てられた遺跡の断片の上に物憂げに寝そべっている猫たち。石の冷たさが心地いいのだろう、遺跡には猫がよく似合う。〝つわものどもが夢の跡〟で俗を超越した永遠を見るような猫の目がいい。そんな古い町も今は屈指の温泉リゾートとして人気だそう。コバルトブルーの湖の遠くには白い帆をあげたヨットもチラホラ。

ランチは湖畔の大型レストランでお勧めの定番、「ペトロの魚」という尾頭付き（鯛の塩焼きに近い）を頂く。塩をまぶしただけのあっさり味だったが中々美味しく日本人の口には合う。

この一日ツアーではイタリア旅行の後というリタイヤの日本人夫婦と一緒になり、時々言葉を交わしたが、レストランでも同席して喋っていると、さらに「日本駐在のスペイン人家族4人」が、同じテーブルに加わって、日本語での会話の輪が広がった。「乳と蜜の流れる約束の地」という聖書の言葉がしっくりくる風光明媚なガリラヤ地方の山あり谷ありの緑の沃野をバスは走る。

車窓から、「カナの婚礼」（イエスが弟子たちと結婚式に招待された折に葡萄酒が足りなくなり水瓶の水を葡萄酒に変えた最初の奇跡）の、カナも視野に収めた。


四日目、エルサレムから南へ10キロの小高い丘の上にあるベツレヘムへ半日ツアー。クリスマス・イヴの祭礼が世界中へ放送されるイエス・キリスト生誕の地だ。

冒頭で触れたように、この旅行記を書く呼び水となった新聞記事の写真はここのカテリーナ教会の聖堂である。

エルサレムとは目と鼻の先だが、パレスチナ自治区の中という地理的、政治的に複雑なエリアだ。6人程の小規模なツアーとなったマイクロバスは国境の、刑務所を連想させる、高い塀の前までで、後は、独自に検問所を通過し、あちら側で待ち受けているパレスチナ人ガイドにバトンタッチという流れだ。我々旅行者には問題なしのスムーズな検問だったが、現地人用の出入り口には、長蛇の列があり、厳しいチェックを受けていた。

ちょっとした買い物とか、ベビーカーを押して散歩へというごく普通の日常生活の中に「検問所」があるなんて、と、数時間後、再び迎えにきたガイド氏に言うと、待ってましたとばかりに、そうなんだ、これは大きな問題なんだ！　人々は単純に教会へ行きたいだけなのに、まるで容疑者扱い、もし、ほんの少し規則違反をしようものなら、本人ばかりか家族にも及ぶので気が抜けないと、私という一旅行者を相手に口角泡を飛ばさんばかりだった。


同じように塀の向こうのパレスチナ人ガイドも、町や教会を案内する道々、その不便さや不満を真剣に訴えていた。例えば、外国旅行などとてもハードルが高い、どうしてもとなると、先ず、最寄のイスラエルの空港は利用できないので何十キロも離れたヨルダンへ陸路で行き云々、元々、ここは何千年も昔から、我々の土地なのにどうしてこれ程規制され制限されなくてはならないんだ！　等などと。特にツアーで同行した若いドイツ人カップルと活発に「パレスチナ問題」について論じていた。

一人でも多くの人に現状を知って欲しい、という思いがヒシヒシ伝わってくる。議論の内容はさておき、まだ20代前半と見えるガイド君がこんなに熱く国を憂え、民族を憂えて、生活に密着した自分の言葉として語るのにいたく感心した。

どちらの側に生れても、複雑で厳しい人生の条件をＤＮＡのように背負っているのだと痛感。この年代の自分など超のつくノンポリの極楽とんぼだった、と振り返る一方で、そんな必要のない、有難くも守られた国に生を享けていたという事をあらためて認識したり。

偶々、教会の入り口近くで薄汚れた服装の男の子に「ワンドラー、ワンドラー」と寄ってこられ、大きな目で見つめられて情にほだされそうになるや、あげてはダメ、彼をダメにする、お金が欲しければ働くという事を彼は学ばなくてはいけない、と釘をさされた。全く仰る通り！　それにしてもこの若さでこの老成ぶりは一体、喜ぶべき事なのだろうか？　翻って、少子化で輪をかけて過保護な今時の日本の若者の「お子様」ぶりはどうだろう？　成熟に不可欠の試練のない環境って？　人間としてどっちが幸せ？　ウーン、わからん！

さて、この日はパームサンデー（枝の日曜日）という復活祭一週間前の祝日で教会前の広場は着飾った老若男女のお祝いムードで溢れていた。そんな人込みをかき分けて、ガイド君について聖堂へ入ると、すでに大掛かりなミサが進行中だった。

驚いたのはカトリックの礼拝がアラビア語?! その疑問には、ガイド君の方が逆に、どうして? ここはパレスチナで、僕たちはアラブ人、教会ではアラブ人の神父さまがアラビア語で説教するのは当たり前でしょ。僕はれっきとしたパレスチナのキリスト教徒です。と言われて返事に詰まってしまった。また一つ、自分の中の固定観念を解除した瞬間。

生誕教会は教会というより堅牢な城塞という外見だが、内部も複雑な民族間の長い興亡の歴史や政治事情を反映して、宗派別に区切られた祭壇と会堂があり、それぞれが独自に管理運営をしているとのこと。まあ、色々と本当に大変ですね、ご苦労さまと、心中、住民の皆様にねぎらい申し上げることしきりのベツレヘムの朝でした。


午後、エルサレムの城塞の反対側の、旧市街の見渡せる、オリーブ山をハイキング。柔らかい日差しの中、ロバや羊が草を食んでいる菜の花畑を眺めながら、ユダヤ人墓地や、玉ねぎ型の屋根を載せたロシア正教会の前を過ぎて麓まで降りて来ると太古の化石のようなオリーブの老木の庭園に行きつく。

イエスが弟子たちと最後の晩餐をすませ、これから起きる事を予知して慟哭し〝血の汗を流した〟「ゲッセマネの園」のあった場所だ。

敷地内の教会へ入ってみる、観光客や巡礼の集団が歩き回っている、すっかり見慣れた光景の中に一際注意を引く15～16人の集団の祈る姿があった。会堂の中央辺りに円陣になって完全に独自の世界に埋没している様子がまるで舞台で芝居をしているような、異様な雰囲気。一心不乱に文言を唱えながら、すすり泣いている！　近づいてみると韓国からの巡礼客だった。

ベツレヘムの丘のチャペルでも熱心に祈祷を捧げる韓国人グループと隣合わせになった時も周囲との温度さを感じ、前日のナザレ行きの途中に寄ったヨルダン川の「洗礼スポット」では白装束で川に入る韓国人グループの〝激情〟に瞠目した。これも民族の血の中のDNAなのだろうか？　と想像しながら以前、観た「統一教会」のマスゲームのような結婚式の映像を思い出した光景だった。

外は「枝の祝日」の熱狂の渦中だった。世界各地から集まった信徒のグループが、十字架の道行きのスタート地点のこの城門から、オリンピックの入場行進よろしく、各チーム（！）が各自のプラカードを掲げ持っている。

プラカードには出身地とエルサレムまでの距離が記され、中にはスペインやイタリアの地名も見える。思い思いのユニホームを着て、棕櫚の葉を持ち、祈ったり、歌ったり、楽器を演奏しながら坂道を登って行く。

各宗派の神父様や尼さんたち、中世の修行僧風一団、ボーイスカウト風の一団、等など多種多様だ。道の両脇は鈴なりの観光客、それを取り締まる警備兵で溢れている。人々の表情は、降り注ぐ春の日の下で一様に輝いて見えた。1週間後の本番、イースターはさらなるフィーバーであろう。

旅行前に下調べをして臨んだ訳ではなく、子供の頃に親しんだ聖書世界も過去のものというスタンスだった私にとって、この短い旅行は、ああ、そうだった、そうだった……と、もうかれこれ半世紀以上も昔の記憶の中に埋もれていた「私の聖書物語」を掘り起こす作業となり、また、同時に、物語の舞台は市井の人々のリアルな喜怒哀楽の生活の場であったということも肌で感じた。

イスラエル観光の面白さは、と聞かれれば、即、その「多様さ」と答えよう。民族、宗教、文化は勿論のこと、地理的に見て、四国ほどの国土の中に肥沃な緑の谷があり、山々の連なる砂漠地帯があり、冬にスキーができる北部の高原があり、同時期にダイビングが楽しめる地中海があるという風に。まるで地球の縮図をみるようだ。

データによると、国土の約半分は砂漠で、農業可能な土地はほんの2割程度だが、食糧自給率は93%という驚くべき数字！　成る程、北部のガリラヤ地方ではバナナやヤシのプランテーション、アーモンド畑などが連なり、湿地帯にはユーカリの植林がされ、ジャングルと見まがうが、ほんの少し走れば、荒涼とした砂漠が視界に飛び込んでくる。

二日目のツアーの途中で寄った海抜マイナス世界一（420米）の地球のヘソのような死海もそんな砂漠の中にある。有名な「死海文書《もんじょ》」の見つかったクムランはその辺りだ。

以上、3年前の5泊6日のイスラエル、旅行者にとっては変化に富んだ快適な旅であった。しかし、目下、現地の人々は緊張感を強いられる厳しい現実との対峙であろう……事と次第によっては一触即発の嵐の前の静けさ……かもと、昨今の中東情勢の報道を見ながら思う。そして、どうかあの若者たちが今以上の苦境に陥りませんように……と祈るばかりだ。

ベルリンの街角にて　２０１２年７月30日〜８月２日

しまった！　直前にハンドバックを取り換えたのが原因だ！　半ばパニックで焦りまくったのはエアーベルリンの受付カウンターで、搭乗手続きをしようとして、パスポートを入れ忘れたのに気が付いた時だった。パスポートはいつものハンドバッグのファスナーで閉めっぱなしの定位置に入れていて出し入れすることもなかったのだ。

どうしよう、どうしようとハンドバックを引っ掻き回していると、係員が、「パスポートでなくても、車の免許証か何か写真のついた本人証明ができるものでいいですよ」と言う。そうか！　スイスはＥＵに加入していないが、人の行き来は査証なしでＯＫのシェンゲン協定には入っている。

そりゃそうだ。げんに国境周辺のドイツの町からスイスの職場に通勤するドイツ人サラリーマン、ドイツのスーパーへ買い物に行くスイス人家族等という日常的光景があるのに、その時は頭からすっかり向け落ちて、「飛行機のチェックインにパスポートは不可欠」という固定観念が居座り、頭の中で警告ランプが急速で点滅していたという次第だった。

さて、第一の関門を潜り抜け、そうそう、少しユーロの現金を出さなくては……とATMを探す。途中にあったのは取引銀行のものではなく、少々焦りはじめ、事前の準備を怠った自分を呪いながら、通りがかった空港スタッフに聞いてみる。「あら、そこのATMは全銀行対応よ」だと！

搭乗ゲートで、例の本人証明を求められて、財布から出そうとしたら、ないのだ！　そんなはずはない！　だって、さっきは確かにあったでしょ！　自問自答しながら再び、焦りまくる私に係員曰く、「ここは無しでOKです。向こうでどうかは保証の限りではないが」と。とは言え、それも不安なので、一旦列から出て、財布の中に段違いで並んでいる色々なカードの列を何度もチェック。

もしや、さっきの受付で置き忘れた？　でも引き返すには遠すぎるし時間もない、一便遅らせてもらうしかないのか、いや、それは面倒だ……とにかく落ち着いて、と自分に言いつつ、財布の中のカード類を横のカウンターの上で全部出して並べてみると、あった！財布に入れたまままいくら探しても見つからなかった理由が分かった！　そのカードは周囲3ミリ程が透明で、しかも、他のカードとぴったり重なっていたのでした。やれやれ。

そんなこんなで自分のいい加減さ甘さに辟易した意気消沈の出発となったのだが、ベルリンに到着してみると、マンモスシティにしては意外にローカルっぽい小さな空港は、入国審査どころか、係官もいない、バスの停留所で降りるのと同じ。なーんにも無し。搭乗の時のあの騒ぎは一体何だったのだ!

とまれ、原因は間違った思い込みと、いつもの何とかなるさという危機感の欠如であることは明白だ。素直に反省して今後の教訓にしよう。何しろ、この先、ずーーっと「お一人様の老後」をやってゆかねばならぬ身の上、誰かが失敗や不備をカバーしてくれる訳ではないのだ。市内へ向かうバスに揺られながら、そんな事をつらつら考えたベルリンの第一歩でした。

30分程でツォー(動物園)という名の駅の近くのホテルに到着。まだお昼を過ぎたばかりでチェックインには早い。荷物を預けて、周辺を歩き始めると、だんだんいつもの旅の解放感が戻ってきた。緑深い広大な動物園の中のビアガーデンに入る……と言っても日本の、あの屋上に提灯のぶら下がった夏の夜のビアガーデンとは全然違う、いわばオープンエアの大きなカフェで、庭の木々の下にテーブルが並んでいたり、立ち食いのコーナーがあったりの縁日のような雰囲気で誰でもぶらっと入りやすい所だ。

ビールは種類が豊富で値段も安い。水（ミネラル）やジュースと大体同じ値段。木陰のテーブルに座って、サイダーとビールを混ぜた甘いビールの小ジョッキで喉を潤す。普段、殆どビールは飲まないが、ドイツでは例外でこれが私の定番。特に暑い日、運動をした後の一杯は極上の味……まるでビールのCM（笑）。周りの客層は殆どがTシャツやタンクトップに短パン、スニーカーのホリディメーカー。ドイツ語の他に英語を始め色々な言語が聞こえる。

ホテルに戻って一段落した後、一日パスで屋根なし観光バスの二階の最前席に納まって市内巡り。心地よい外気に触れながら、ぼんやりと移りゆく街の佇まいや道ゆく人々を眺める。目下のところ守るべき約束や時間も、果たすべき仕事もない……気ままな一人旅の解放感を味わいながら。

中心部の観光スポット、東京スカイツリーのようなテレビ塔の立つアレクサンダー広場からブランデンブルグ門を過ぎ、テレビのニュース映像等でお馴染みの連邦議会議事堂、首相官邸他、政府機関の建物や歴史的なモニュメント等がモールを中心に広大な緑の中に埋もれるように点在している。街はさらに放射線状に無限大の拡がりを見せている。どこにいても必ず山や谷の凹凸のあるスイスの景観に慣れた目には、街そのものが大海原に浮かぶ巨大な筏のように見えたりする。

翌朝、9時頃にホテルの朝食に行くと、ホールはピーク時の賑わい。しかし、客はコントロールもなく思い思いの席で、種類も量も豊富なビュッフェを楽しんでいる。つまり外から入って来ても分からない。その辺はなんとも太っ腹のようで、こんなに外国人が多いのに細かい事を言わない大人の対応なのだ。3つ星のスタンダードなこの駅近ホテルは、家具や水回りの作りは100年は持ちそうな重厚なものである一方、チャラチャラしたアメニティーグッズ等は皆無。質実剛健のゲルマン民族気質？の保全性を良しとするか、数泊限りの旅行者の利便性をとるかは、人それぞれだが……。

どれどれ、スイスのニュースでも……とテレビをつけてみる。すると驚いた事に無いのだ、スイスのチャンネルが。BBCやCNNは当然という扱いであるのに。これは一体何なんだ、おかしい！　と一人ブツブツ言いながらリモコンを操作してみるのだが。スイス

思相愛だと思い込んでいたら、全く歯牙にもかけられていない片思い（笑）だったとは！

テレビ設定の問題に過ぎないかもしれないが、それでもカルチャーショックは大きく、相数の局から……と言う訳で逆も真なりと思い込んでいたのだった。尤も単なるホテル内の（ドイツ語圏）ではドイツの放送は当たり前に受信できる。それも一つや二つではない多

二日目、街の中心を流れるシュプレー川の船着き場から遊覧船に乗る。この運河の総面積がベニスとアムステルダムとストックホルムのそれを足したよりも大きいという音声ガイドの説明にあらためてベルリンの広大さを認識した次第だが、私は川の名前すら知らなかった。例えば、ロンドンはテームズ川、パリはセーヌ川と当たり前のようにワンセットなのに……。

肌寒い曇り天気で甲板の席はまばら、窓のある下の階の座席から運河の両側に次々と現れる有名な建物を眺める。それぞれにまつわる歴史や逸話などを聴きながら、コースをくねくね上下すること約4時間。もう、そろそろ飽きて来た夕方、次のプログラムのシャルロッテンブルグ宮殿を目指す。

出発前ホームページから申し込んでおいたこの旅行のハイライトだ。プログラム参加に

当たって今一度、細部をチェック。すべて自分で計画実行というスタイルは春にイスラエルで経験済みなので、少々の余裕はあるものの……実はそれが危ないのだ、と、出発時の「パニック」を思い出しながら。

船着き場から20分程ゆっくり歩いた広大な敷地の中に宮殿はあったが何しろ宮殿なのだ、「ピンポーン」とドアベルを鳴らして「はい、どうぞ」という訳にはいかないのだ。何列もの並木道がありその下に色とりどりの庭園がいくつも続き、様々な役割の建物があってどこが窓口なのか？　と庭で迷子になりながら、何とかそれらしき、公園の片隅の事務所に辿り着く。そこでプリントアウトして持参した予約書をチケットと交換して無事入館。ホッ。

ここはプロイセンの王様たちの夏の離宮で当時も音楽やお芝居を楽しむ文化的なサロンであった由。今夜は自身が音楽好きで知られる〝フリードリヒ大公から直々のディナー付きバロックコンサートへの招待〟という夢のような豪華プログラムなのだ。

装飾の施された高い天井のディナーホールの入口で先ず、目を奪ったのはウェイター達のいでたち！　耳の横にくるくるっとカーラーを付けたような真っ白のカツラ、フリルのたっぷりついた上着と膝パンツにハイソックスというバロック風衣装で招待客を恭しく席へ案内する。「本日はようこそお越し下さいました。残念ながら、本日、フリードリヒ大公殿は急用で同席できなくなりました」と芝居っ気たっぷりに笑わせる頃はこちらもすっかりこのコスプレ芝居の登場人物の一人という訳（笑）。

この日の参加者は30人程で見回すと家族連れや、夫婦、友人同士という中、単独参加は私一人。真っ白のテーブルクロスに柔らかなローソクの灯り、端正にセッティングされたテーブルで、当初は気後れ気味だったが、係りのウエィターが、淋しくならないように（？）手持無沙汰にならないように、押しつけにならない絶妙のタイミングで寄ってきては構ってくれるという彼ら流の「おもてなし」に感激。ＶＩＰのフルコースディナーは言うまでもなく極上で、前日の夜、駅前の屋台でテイクアウトした紙パック入りの焼きそばとは雲泥の差！

三日目、場面は宮廷文化の花開いた18世紀のあの黄金時代から一気に２００年後の「ベルリンの壁」に変わる。前日とは打って変わった真夏のカンカン照りも、前夜のメルヘンの余韻を一掃して、あの芳醇な時空をいっそう遠いものにしている。

ブランデンブルグ門広場から「壁」の周辺を歩いて回る所要3時間の日本語のガイドツアーに事前に参加申し込みをしておいたが、参加者は私の他に夫婦一組だけ。世界中からの観光客の賑わう広場で、お互い自己紹介をするともうお仲間だ。長年、現地で音楽関係の仕事をメインにしているという女性ガイドさんに引率されて周辺のスポットを周る。

壁崩壊のニュース映像等でお馴染みのブランデンブルグ門のあたりは緑濃い公園になっていて「ホラ、ここのところから逃げ道を伝って……そこがトンネルの……」と説明されてもピンとこない。

歩いて行くと、ところどころに壁の残骸が遺跡のように並んで立っている。記念センターの雨ざらしの回廊には細かい説明付きの白黒写真がズラーっと並んでいる。舗道の片隅の街燈の辺りに、かつての監視塔もそのまま保存されていたりする。

黒光りする大小の四角い御影石を不規則に並べたラビリンス（迷路）のようなユダヤ人墓地は墓地というより、モダンアート展示場という印象だ。第三者の思惑や感傷を一切拒否するかのように真夏の太陽がギラギラ照り付けている。歴史と言ってもほんの四半世紀前なのだ……ぐったりと疲労を覚えるのは日差しのせいばかりではない。

さらに歩くと、集合住宅地（マンション）の駐車場のようなスペースの前に出る。説明がなければ通り過ぎてしまいそうな何の変哲もないその部分が、時をさらに１９４５年まで遡った、「ヒトラー最後の12日間」（04、映画）にも克明に描写される総統地下壕の後だった！　正にこの地点であの戦争は幕を閉じたのだが、今は埋め立てられて何もない。ところどころコンクリートの割れ目から雑草が生えていたりする……説明の立札は〝消極的〟に立っているが……この「ほったらかし」感は何故だろう……。聞くと「ネオナチ温床の危険かも」との事だが、なんか腑に落ちない。

それでも、B・ガンツがヒトラーを演じたこの映画の存在感は今でもずっしりと心に残っている。原作は、T・ユンゲというヒトラーの女性秘書の目線が捉えた生身の人間像で、あの極悪非道のモンスターと言われた独裁者にも一滴ほどの人間の血が通っていたという感じをこのスイス人役者が絶妙なリアリティーで演じて胸に迫る。追い詰められて絶体絶命というあの動天驚地の中、この期に及んでも何故か地下壕の中で側近達は、特に女達は一様に彼に親愛の情を抱いていた。自決の前日に結婚式を挙げた愛人のエバ・ブラウンは幸せに輝いていたし、ゲッペルス宣伝相の妻など、自分の夫よりも総統を敬愛し、何の迷いもなく5人の子供を道連れにして決然と殉死した姿が印象強烈だった。あれは、究極の「洗脳」の結果だろうか？　後から外部から色々言うのは簡単だが……人間の不可思議さを思わずにはいられない。

さて、再び冷戦時代に戻る。町の中心部を走るトラムの駅の真ん中に東西を分けるチェックポイント・チャーリーとよばれる検問所が今も当時のまま残されている。ツーリストアトラクションになっていて、兵服姿の男が有料で写真を撮らせている。そのすぐ脇の土産物屋の2階が壁記念館となっていて、様々な展示物や写真が並び、奥のホールではDVDをかけっぱなしにして、壁にまつわる悲劇エピソードを紹介している。

ある日、突然、自分の住んでいる住宅地区に線引きされて、家族や恋人が強制的に引き離され、行き来を禁止される。そこには数多くのドラマが生まれ、今もなおその後遺症を引きずる人が少なくないという解説に、スイスにすむ古い友人アンゲリカを思い出した。当時、13歳だった彼女の一家4人が、着の身着のまま東から逃げて来て大変な苦労をしたという話をよく聞かされたけれど、ここに来て、彼女の話を本当には理解していなかったと知る。

連想はさらに映画「善き人のためのソナタ」（06）へ繋がっていく。舞台は壁崩壊5年前の東ベルリン。国家公安局員の主人公が東ドイツの人気劇作家の私生活24時間を監視するよう命令を受けたところから物語は始まる。初めのうちはロボットのように正確で命令に忠実、私的感情というものがまるでないこの男が、盗聴を続けるうちにその立場をすっかり忘れてしまうのが可笑しく、次第に滲み出てくる人間性の真骨頂から目が離せなくなるのだ。

背景に特権階級の腐敗があり、恐怖政治にビクビクする市民の顔がリアルで、表面華やかな社交界と背中合わせの不穏な当時の空気。それがここに来て、リアリティーを帯びて立ち昇って来たのだった。

午後、地下鉄でアレクサンダー広場へ。展望台に上ってみようと広場の窓口へ行くと、付近には長蛇の列で、約2時間待ちとの「お知らせ」が貼りだしてある。思いつきの「ダメ元プラン」なので、あっさりギブアップ。

代りにすぐ横のツーリストセンターで教えて貰った、あと15分で出発という自転車ツアーに参加。広場に並べてある自転車の中から適当な一台を選んでギアをチェックしサドルを調節して待っていると、J・ウルリッヒ風ツアーリーダーが現れてウェルカムの挨拶、自転車で走る際の注意事項やコースを簡単に説明して、いざ、出発、進行！

15人程の年齢も国籍も雑多な即席ツアーグループは、一列になってリーダーの後ろを走る。初めのうち、少しギクシャクしたけれど、10分もすると自転車は体に馴染んできた。(日本の道路と違ってヨーロッパは普通に)自転車専用レーンなのでどんどんスピードが出る。アリの行列よろしく、前の人に続くだけなので、道に迷う心配もない。その道はどこまでも平らで体力の心配もない。風に吹かれて走るうち、朝のウォーキングで疲れた足が元気を回復し、重く淀んでいた体中の血液がサラサラ流れ始めたような快適ツーリング。

生まれも育ちもベルリンで、ベルリンっ子として誇りを持つというリーダーの解りやすい英語ガイドは爽やかで好感が持てた。目下の社会問題についての「当事者」としての熱弁に引き込まれ、つい、午前中の日本人ガイドのテンションの低さと比べてしまう。

途中で寄ったポツダム広場、周辺のギンギラギンの高層ビル群の醸し出す雰囲気は、どちらかと言えば、中東や東南アジアの新興都市という趣でヨーロッパの重厚な雰囲気から程遠い。巨大なガラス張りのビルのショッピングモールの中庭に立っているレゴのキリンやスタバのロゴを目にすると、どこか地方のテーマパークという感じで〝なんだかなぁ……〟。しかし目線を落とせば、そこここに立つ「壁」の残骸が、歴史の荒波をモロに被った地点だ、忘れないで！と訴えているようでもある。
それはさておき、ここは文化の中心として、かの有名なベルリンフィルの本拠地があり、世界三大映画祭の一つのベルリン映画祭の開催地としてその名を世界に轟かせている所なのだ。一度は立ってみたい場所でもあった。

最終日、フライトは夕方なので、空港へ行くまで丸半日時間はある。四日目となり少しは土地勘もできてきた。昼前にホテルに荷物を預けてチェックアウト。足の向くまま気の向くまま、ウィンドーショッピングをしながら、あてもなくバスの終点まで行っては戻ったりした後、お祭りに引き寄せられるように再びアレクサンダー広場にやって来た。週末に向けて色々なイベントの準備に大わらわの活気に包まれている。風船の束を掲げたピエロ風の男、その隣には綿菓子やソーセージの屋台、蚤の市のようなにわか仕立ての店舗が並び、大道芸人やミュージシャンが思い思いのスペースでそれぞれ主役を張っている。周辺を子供たちが走り回り、大人たちはバーのカウンターでビールのジョッキを前に寛いでいる。広場の一角が何やら騒がしい、何だろうと寄ってみると、小さな市民団体のデモのようだ。「これ以上ギリシャの支援をするのは止めよ！　政策は間違っている！」などと叫んでいる。反対側のテレビ塔の展望台は今日も長い列がある。平和な風景。

ベルリンの中央駅に行ってみる。後で乗る空港行の電車の乗り場を確認しておこうと思って。駅舎もガラス張りの無味乾燥な機能第一の印象だ。

確か、映画「桜の花――花見」(08)で、バイエルンの田舎に住む60代半ばの夫婦が一大決心をして、ベルリンに住む子供たちに会いに出かける……いわば現代ドイツ版「東京物語」(小津安二郎)の到着駅(のはず)……何もかも新しく便利な大都会のプラットフォームで自動販売の切符の買い方に戸惑って暗澹となるシーンを思い出した(さり気ないシーンだが深く共感した部分)。

旅慣れない両親が遠路はるばる会いに来たというのに、それ程歓迎ムードではない子供連中。〝ン、モォー！ 子供なんて……親の心子知らずなんだから〟内心の嘆きが視線一つで分かるH・エルスナーの渋い演技が見もの。結局、意外な展開で舞台は東京、新宿から千鳥ヶ淵の満開の桜、そして富士山の見える旅館へと移る。

因みに私はこの映画を観る前「ブトー」(舞踏?)と呼ばれる舞台芸術は初耳で、最初、新聞の映画欄でその中のワンカットの着崩した着物に白塗りメイクを見て「何これ? 気持ち悪い！　フジヤマ、ゲイシャの類か？」というリアクションだったのだが……実はここそが感動の山場となる重要な部分と観てから理解したという経緯があり、物事は全体を見ないと決して分からないのだと悟った部分だ。

老境の妻の唯一の趣味がブトーで、いつか日本へ行きたい、北斎の描いた富士山を見たいという夢があったのだが……。家族、夫婦の絆の素晴らしさを、この日本びいきのD・デリー監督が「東京物語」を意識しながらも、ひと味もふた味も違う仕上がりにした日独友好の（笑）お勧めの一本。

帰路、立ち寄った駅構内のショップでいくつかのＤＶＤを買い、そろそろ帰る準備。

イタリア・マルタ島旅行記　2012年9月27日～10月19日

（1）ミラノ

チューリヒ15時09分発ミラノ行急行の座席。ついでだから、と、駅まで見送りに来た息子とは、昨日の続きの今日、という日常の延長線の、じゃあね、というカジュアルな別れの一コマだったし、客観的にはその通りなのだが、自分の中では「人生の第3コーナー」から文字通り走り出すという象徴的シーンだった。主役も演出も監督も全て自分という物語の第3幕の。その幕開けに続く展開をどんな風に演出しようか、面白可笑しく、且つ、冥土の土産に相応しいイヴェントを盛り込んで……etc, etc… と、この数週間、温め続けてきた。それがこの数か月に及ぶ諸々の後始末の推進エネルギーになっていた。

その半年前の2012年3月、インターネットで売りに出した家が思いのほか、早々に決着がつく。感傷に浸って、ああでもない、こうでもないと迷っている時が一番苦しいが、決断を下せば意外と楽なもの、後は手足を動かして前進あるのみ！　やるべきことがどんどん出て来てグズグズ悩む暇などないのだ、有難いことに。

普通は専門の不動産屋が多額のリベートで請け負う仕事だが、親友の一人がその方面に明るいコンサルタント、税理士で、このプロジェクトの対外担当を心安く担ってくれたこと、息子がメインになって取り組んだことで面白いように事が運んだ。

勿論、私自身も当事者として、ベースになる書類を揃えたりデータを出したりと、それまでの経理の仕事の強みを活かした役割を分担しながらの共同作業。その成り行きを楽しみ、達成感まで味わうなんて、ほんの数か月前の自分には思いもよらぬ事。

18年住んだ、それなりに想いの詰まったこの家を去るのに、気の染まない妥協や、ああだったらどうしよう、こうだったら嫌だ、等、後ろ向きな想念ばかりが立ちはだかり、迷いの森を彷徨っていたのが思いのほか、あっさり解決してしまった。

気持ちがポジティブになると、それまで進まなかった案件が面白いようにどんどん自然に落ち着くべきところに落ち着く。八方手を尽くすも行き先が決まらず、娘と心を痛めていた、もう一人の長年の家族、14歳のユキ（猫）の行き先も最後の最後に決まり「嫁入り道具」に持参金（＝当分の餌をたっぷり）を付けて嫁がせた。めでたし、めでたし。

嫁入りの日、私の運転するトヨタ・プリウスの後部に娘と「箱入り」のユキが乗り、息子が夫の愛車アウディを運転してアウトバーン飛ばすこと1時間余り。山あいの町のユキの新しい家には、ハイハイの赤ちゃんがいて、ユキと上手くいくか気がかりだったが、どうすることもできず。そっと家をでた娘と二人、車の中に戻るや言葉もなく嗚咽。しかしそんな感傷に浸る間もなく、その足で次に向かったのはこのプリウスを買ってくれる息子の友人宅。全く無駄のないこの綱渡り的スケジュールをつつがなくこなして親子3人がアウディで帰宅したのは明け渡しの2日前の夜半という際どさ！

庭続きのお隣さんと、最後の最後でトラぶっていた庭木の問題は、隣組のもう一人の奥さんの仲介で「誤解」が溶けて一件落着のハグという前提などもあったが、家の譲渡2週間前の日曜日は、近所の皆さんを招待しての「お別れパーティー」で完璧なセレモニーも無事やりおおせた。

地下ガレージを共有する前後両隣5軒の隣組を始め、近所の顔見知りの面々へのメールと適当な声がけで20人くらいが挨拶に来てくれた。その時に、隣組一同からサプライズのプレゼントとして頂いた家族やイヴェント時の思い出の写真に言葉を添えた一冊の写真集。それが今、私の大切な宝物となって居間に飾って毎日眺めている。

……という具合にちょっと思いつくだけでも東奔西走していた当時の気持ちが蘇る。この他にも、日本への引っ越し荷物の整理、処分するもの、ネットに出すもの、バザーに出すもの、夫の家族や友人、所属するNPOや趣味のクラブのメンバーとのお別れ会食、等、一つ一つに掛かった膨大な時間とエネルギー。人生の残り総エネルギーを使い果たしたような虚脱感が……。しかし、そんなに悪い感じではない。

さて、この旅立ちの日も朝からビッシリのスケジュールだった。親友の税理士立ち合いの元に新しい入居者への家の明け渡し、その足で登記事務所へ出向き、正式な契約書を交換して一件落着。近くのレストランへ移動して慰労会のランチ。その足で子供たちと義母を訪ねてプログラムは終了。息子のマンションの一室に当座の身の回りの引っ越し荷物を残してミラノ出発の支度。そう、3週間後に戻って来るのは、ここ。最終的に日本へ発つまでの間。

もう、あの家に帰って行くことはない……という一抹の感傷と大仕事をやり抜いた達成感がワンセットになった解放感がジワジワ体に広がってくる。そんな思いを乗せて列車はひたすら南下する。山々のてっぺんに雪を載せたアルプスの野を越え丘を越え、谷間を過ぎ、トンネルを抜けて。鏡のような静かな湖面に「行雲流水」の文字が見えるようだ。確かに「第3コーナー」を走り出した。

(2) ミラノ

翌朝、ネットで申し込みをしていた市内半日ツアーの集合場所へ行くと「すみませーん、連絡が取れなくてお知らせができませんでした」と、日本人ガイドさんが謝りながら近づいてきた。何の事かと思ったら、ダ・ヴィンチの壁画「最後の晩餐」が見られなくなった、原因は職員のストだという、ガーン！　何という事か、〝長かった修復作業を終えてついに新たなるお披露目〟いう謳いのこのツアーの目玉だったのに。

イタリア観光の第一歩でアウトとは幸先が悪い。自分のせいのように恐縮するガイドさんからチケットの払い戻しを受け取りながら、「スト」という言葉に、すっかり忘れていたあの時が一瞬にしてフラッシュバックしたのだった。

あれは1994年の秋、大阪からやって来た二人の姉とその友人夫婦の4人を引率してチューリヒからローマに飛び、鉄道で各地を観光してスイスへ戻る、という一週間のイタリア周遊旅行をした折のこと。私自身にとっても慣れない外国へ4人も連れての案内だったが、ホテルや鉄道の切符の手配など大切な部分は旅行社にセットアップしてもらっていたので特に心配という程でもない滑り出しだった。

ローマ、フィレンツェ、ヴェニスと、全行程を何とか無事にこなして、いよいよスイスへ向けての帰路の朝。乗合ボートから下船して陸の始発駅ヴェニス中央駅に到着。さて、ミラノ行きは何番ホーム？　という時になって、どうも様子がおかしい。広場の奥の切符売り場の窓口には長蛇の列。構内はどんどん込み合ってくるが、掲示板もアナウンスも全く機能停止の体なのだ。

そんな中で、「スト」という言葉が聞こえてくるではないか。エーッ！　まさか！　それは想定外だよ、どうしよう、どうしよう、と一人で焦りながら、彼らに荷物番をさせて窓口の周辺を行ったり来たり。空しく掲示板を見ながら職員らしき人をつかまえて切符を見せ、いつ出るのかと聞いても、「マンマミア、神様の御心次第よ」と、肩をすくめるのみ。

何とか、スイスと結ぶ国際線は、遅れてはいるが動いている、という情報を得て胸をなでおろしたものの、予定の時刻を何時間過ぎても中々動き出す気配はない。

まだ朝のうちだったし、同じような旅行者は大勢いたので、何とかパニックの寸前で踏みとどまっていた。最終日のこの日は特に観光を予定に入れず、ミラノでの半日は駅周辺で買い物や食事時間としてあったことも幸いだった……という次第で諦めて運を天に任せるべく覚悟をしていると、何の前触れもなく、ましてや、日本のように（やり過ぎではある！）謝罪や説明など一切なしに列車はゆっくり動き出した！

そうそう、そこは丁度、あの懐かしの名画、C・ヘップバーンの「旅情」のラストシーンと同じレールの上なのだった！　心に沁みる映画の旅情とは、線路以外何の共通点もない我々のヴェニスの旅立ちではあったが、何はともあれ列車は加速し始めた。やれやれ。

3時間後に最後の乗換え地点ミラノに到着して、再び、ソワソワドキドキ、アドレナリンの活性化が始まる。実はここここそが一番のネックだった。ここで彼ら4人をスイスの西のジュネーブ行きに乗せて、私はその一時間後に東のチューリヒ行きに乗る、という別行動のプランが待っていたのだ。

ジュネーブでは友人が夜10時に駅で彼らを出迎えてホテルへ案内する手筈になっていたので、時間通りに電車が動かないと一体、どうなるのか想像するだけで冷汗（当時は携帯電話等ない！）。祈るような気持ちでジュネーブ行きの電車を待った。

私のチューリヒ行き、これはこの際大した問題ではない、一晩くらい来なくても何とかなる。しかし、ジュネーブ行きが来ないと……神様……神様……と念じていたら、何と、ピッタリ時間通りに来たのだ！　嗚呼、祈りは通じた！


ローマからフィレンツェ、そしてヴェニスまでの列車の旅は、「映画のシーンのようだ、団体のパック旅行であちらこちら旅行したがこんな素敵な列車の旅は初めて」、と最上級の喜びを口にする彼らに、こちらも嬉しさと余裕の「優しい人」だったけれど……。そんな会話をした以前とはうって変わった、焦燥で鬼のような形相の私をハラハラしながら見ている「迷える年寄り羊たち4匹」を無事ジュネーブ行きに乗せて、電車が動き出した時は、万歳！　と声にならない声で叫んだのだった！　そして、その代り（？）本当にチューリヒ行きは来なかった、夜中まで！　それでも神様とのこの交渉（！）には文句なしだった18年前のことが鮮明に蘇ったミラノの朝。

そうだった、この国では「スト」などという非生産的なカオスが時々起きるという事が頭からすっぽり抜け落ちていた。何事においても合理的にルールを守って無駄なことはしない、という現実主義のスイスに長年暮らしていると、こんな傍迷惑な誰も喜ばないことに費やすエネルギーが勿体ない、バッカじゃないの、と思うばかり。陸路ほんの数時間しか離れていないとはいえ、ここはイタリア、メンタリティーも文化も違う。予定は未定、マンマミア、腹立てるだけ損、損。ダ・ヴィンチの壁画は明日、ダメ元でトライしてみよう、時間はたっぷりあるから……と自分に言い聞かせる。

翌日、サンタ・マリア・デル・グラツェ教会に足を運んだら、ストは解除していたが、やはりガイドブックにある通り個人的に入るには事前の予約が必要で、ツアーに入らない限り不可だという事を確認。

(3) ミラノ

様々な旅行社寄せ集めの観光客で8割方埋まった大型バスは、問題の壁画の教会をスルーして、オペラ座博物館、デュオモ（ミラノ大聖堂）、スフォルツェスコ城とその庭園というコースを回る。座席では音声ガイド、外ではそれぞれの言語のガイドに引率されて。他の客が全員キャンセルした結果、日本語は私一人の専属ガイドになった。日本人観光客にとって、やはりミラノではダ・ヴィンチの「最後の晩餐」を観なきゃ、という事なのだろう。

大阪出身の40代の女性ガイドさんはとても親切だったが、歴史上の人物を「さん」付けで呼ぶのがイチイチ気に障った。例えば、ダ・ヴィンチさん、ミケランジェロさん、ヴェルディさん、プッチーニさん、ヴィスコンティさんという具合！　ダ・ヴィンチやミケランジェロが何だかその辺の八百屋の兄ちゃんや、大工のオッちゃんに聞こえてズッコケた！　京都や大阪で親しみを込めて「お寺さん」、「宮さん」、「太閤さん」とか「えべっさん」とか呼ぶような感覚なんだろうか？　指摘しようかと思ったが、こちらの好みの押しつけかも……と我慢した。さて、正解はどうなのだろう？

〝ミラノのスカラ座でオペラ鑑賞〟という文言は、旅行を計画した当初から必須アイテムとして脳裡に刻まれていた。この家を出るのはどこかへ行くためでなくてはならない。つまり、結果ではなく目的として、という自分なりのこだわりイコールのセレモニーが欲しい。そんなものが要るのか？　との自問自答の結果、この際セレモニーは重要だと判定。

そのとりあえずの目的地がミラノであり、打ち上げ花火がスカラ座のオペラ鑑賞という演出に自己満足。「お一人様」の旅立ちの夜のイヴェントに相応しい、いい思い付きだと我ながら感心しつつ。

熱心なオペラファンという訳でもない、ましてや、その夜の演目の内容も無知（＝何でもよかった）のいわば「お上りさん」的観客の自分にとって、チケットはかなり高額（当時のレートで4万円強）だった。普段ならこんな高価なチケット、まず買わないか、もしくは、2つ3つランクを落とすところだが、何しろ、ここは、物心共にすっきりリセットして再出発という象徴的セレモニーのシーンなのだ。自分へのお祝儀だとすれば安いもの、という結論だった。

そんな思い入れたっぷりの、スカラ座シーズン初日の出し物は、プッチーニ作「ラ・ボエーム」だったけれど。結論から言えば最悪！　物事はあまり仰々しく構えない方がいい……いう教訓でした。

午前中のツアーの際、「スカラ座」に案内されて、え？　どこ？　とキョロキョロしてしまった。勝手にパリやウィーンのような壮麗なバロック調の殿堂を想像していたら……目立たない地味な外観の建物が道路を隔てた小さな公園の向かい側にある。注意されなければ、行き過ぎてしまうどこにでもある公民館か市役所のような佇まいが意外だった。

内部の、舞台と客席を隔てた通路ロビー側にはプッチーニやヴェルディゆかりのオペラ関連の品々、舞台衣装やポスター等の展示館になっている。

本当にあのマリア・カラスが、パバロッティが、ドミンゴがここで歌ったのだろうか……とても想像しにくいが……。ま、今夜の生の舞台に、「ラ・ボエーム」に、期待しよう。

時間ギリギリにホテルに届けられたネット予約のチケットを手にして、夕方、開演前にスカラ座に駆けつける。遠くから入り口辺りの混雑が見えてくる。行列しているのは殆どが外国人観光客のようだ。

案内された席は値段から言えば上から2番目だ、そんなに舞台から遠いはずがない、と思い込んでいたら、何と、全部で6階まであるボックス仕切りの席の5階！　舞台が遥か彼方の、役者の表情なんてさっぱりという距離、ムムム。

イギリスからの団体客のボックスに混ぜられ、座り心地の悪さは抜群という古めかしさ。おまけにストーリーは湿っぽくてつまらない。座席の前に備え付けの字幕スーパーの英語にもついて行けず、結局、殆ど居眠りのうちに終わった。

パァーッと明るく景気のいいミュージカルか何かにすればよかった……と勿体なさと失望で気分はジクジクだったが、冷静に考えて、あの時点では「オペラ」以外眼中になかった事はまぎれの無い「身から出たさび」。

さらに追い打ちをかけて打ちのめされたのは、後日、レシートやチケットを整理していて、チケットに書かれた値段が、何と、ネットから振り込んだ額の3分の1という事に気付いた。ガーン！ 道理であの天井近くの席だったのだ。騙された！ と、怒り心頭だったが、それはすでにミラノを発って数日後のこと。嗚呼。

（4）フィレンツェ

「はじめまして。私はスイス在住の60代の未亡人です。この度、30年余り暮らしたチューリヒから日本に引っ越す事になりました。そこで帰国前に、のんびりゆっくりのイタリア旅行を計画中です。ミラノに3泊した後、電車でそちらに向かいます。フィレンツェは、何度か訪れていますが、毎回急ぎ足で、じっくり見物できなかったのが心残りでした。イタリア語は話せないので、できれば日本人の経営するホテルを、とネットで検索していてこちらにぶつかった次第です。そちらの場所とホームステイの雰囲気が気に入り、1週間の予約をしたい……云々」の問い合わせに、早速、予約OK、全額前払いが条件、ご質問等があればいつでも連絡を待っています……との過不足のない返信も好感がもてて即決。まだ若い（30代後半？）北海道出身のアスミさんとイタリア人のご主人が経営するフィレンツェの宿は、友人宅でも訪ねるようなリラックス気分にさせてくれた。そんな訳で、ここでは事前に細かい予定を立てず、滞在そのものを目的にして、委細はその時の気分で決めようと考えた。

ミラノは、駅前のビジネスホテルに泊まって、バスや地下鉄で歩き回ってみたが、街の雰囲気はスイスの都会と殆ど変らず〝旅情〟や〝異国情緒〟とは程遠い現実的ビジネスの町だった。

終戦直後、イタリアに留学し、後に、ミラノでの結婚生活（60～70年代）を通して身近な人々の細やかな喜怒哀楽を描写した珠玉のエッセー風小説の数々が深く琴線に触れた作家、須賀敦子。彼女の心眼が観た「霧の風景」、そして、ヴィスコンティやデ・シーカ監督が描いた人間味溢れる映像の世界は遥か昔の夢のまた夢。「霧」など文字通り、とうの昔に雲散霧消していた。当然と言えば当然の事、あれから半世紀以上も経っているのだから。

しかし、フィレンツェは違う。半世紀経とうが500年経とうがアルノ川の畔のルネサンスの故郷は街そのものがすっぽり博物館という感じの時間が止まったような外観で旧市街全体が世界遺産にもなっている。

ミラノを発って2時間後、13時、フィレンツェ中央駅に到着。電話で宿に連絡したら、歩いてもすぐですよ、との事だったが、方向音痴には自信があるのでここは迷わずタクシーに乗ったら、10分もしないうちに宿に到着。古い……と言ってもどこも古いが……倉庫のような建物の前で、ニコニコ顔のご主人が立っていた。

一階はガレージ兼物置きらしく隅のほうに段差の大きな階段がある。「コニチワ」と片言の挨拶をするや、私のスーツケースを取って、階段を登り始める。後について二階に上がると、そこがレセプション。中は薄暗く、ロウソクの火が灯り、ハーブの香りがする。何だか一挙にフィレンツェの「奥ノ院」に来た感じ。メールでやりとりをした「旧知」のアスミさんが出迎えてチェックインの事務手続き、宿での色々な注意事項及び、街の簡単な説明などをして部屋に案内してくれた。
〝ダブル、シングル計8室のホテル内ではアンティーク家具、絵画、床は16世紀オリジナルを保っています〟とホームページで謳っていたように、部屋の調度品は「骨董品」の域。高い天井の窓はあるが、目の前に隣の建物の壁が迫っていて、首を90度くらい曲げると、はるか上方に小さな青空の切れっぱしが見える。お掃除の行き届いた16世紀のままの部屋には、21世紀からの旅人が、当然備わっているべき（と思い込んでいる）テレビやラジオは論外！　必要最低限の小さな洗面流し台、その横には今時珍しいビデ。

タイムスリップした尼僧院のようなストイックな1週間も面白いかも、などと思ったのは初めのうちだけ。一番こたえたのがトイレとシャワーが共同という点。朝など廊下の奥で若者に交じって並ぶはめになった時、この歳で、こんな所で一体何をしているんだろうと、少々ミジメな気分になったのも事実。

伝統文化を大切に受け継いでいく、世界遺産のど真ん中に住むとはこういう事なのだとその明暗の隔たりを思い知る。外は眩しい陽光が溢れているというのにこの部屋の暗い事といったら！

秋の今はまだいいとしても、真冬の寒さ、ジメジメした暗さが思いやられる。観光で数日滞在するには面白いけれど、アスミさんのように家業として長期に渡って住む、となると大変だろうなと思う。

勿論、多額の資金をかけて外観を壊さずに快適な住環境を作ることはできるだろう、現に、モダンな高級ホテルも周囲には沢山ある。しかし、その時、光の影に潜んでいた、何かは確実にどこかに追いやられてしまう気がする。


因みにすぐ近くにあの有名なフェラガモが本店を構えていて、ショーウインドーからその高級感をキラキラ振りまいている。内部は服飾の博物館にもなっている。

その斜向かいには客が一人でいっぱいになりそうな小さな間口の雑貨屋さん、道路にせり出した入り口で鳥打帽のおじさんが果物の籠を並べていたりする。

こんな風に新旧の建物が違和感なく並んでいて、有名なスポットへは殆ど徒歩で行けるアスミさんのホテルは立地としては文句なし。という訳で、16世紀のネグラと21世紀の光の中を行き来。

(5) フィレンツェ

早朝、ウフッツィ美術館前。まだ開館前だと余裕たっぷりのつもりが、すでに長蛇の列。昨日は部屋に荷物を放り込んで、早速、周辺の探索に出かけた折、美術館前のクネクネと幾重にも続く行列を目の当たりにして、よし！　明日は一番にここだと決めた次第だったが、甘かった。

聞けば、軽く2時間待ちの由、ま、特に慌てることもないので最後尾に連なる。この時の行列の「洗礼」で、以後、人気スポットの行列は当然と受け入れ、忍耐強くなった。最悪はローマのヴァチカン美術館で3時間！　前日に現地の窓口で予約のチケットを買っていたにも関わらずで、予約の列というのがあった。こうなると入れただけで「ラッキー！」の達成感と疲労感で、後はどうでもいいや、となりそうで、危ない、危ない……。のんびり足の向くまま、なんて悠長なこと言っていた日には、今日び、大挙して押し寄せる中国人の群れに蹴散らされてしまうのがオチ。

さて、ウフッツィでは、行列に、珍しく単独の中国人らしき若い女の子が、並びながら、あちらこちら、写真を撮っては列に戻って来るというパターンを繰り返していたが、列がゾロゾロと動き出した時、私の肩をつついて、「後ろ、後ろ」とあごでしゃくる。一瞬、何の事かと思ったら、自分の方が前だ、あんたは後ろだと言っている。なんて無礼な女だとカチンと来て「何、言ってんの！　ここは2列ってなっているでしょ、私はこの列よ！」と言い返すと黙ったが……。

その後、気まずい気分（おそらく、私だけであちらは平気）でずっと一緒に並び、そろそろ入館という頃、今度は国籍不明の熟年カップルが列に割り込もうとした。すると再び、彼女が「抗議」して後ろに追い払ったのだ！　周囲が「よくぞ言ってくれた」と一目置く空気の中、最後はこちらも「じゃあね、いい一日を！」と先刻の無礼を赦し笑顔で別れたという思わぬエピソードが蘇る。

18年前、姉たちと来た時は、特に長い行列をした記憶もない代わり、中の絵の印象も薄い。やはり、あの時は落ち着いて観賞するどころではなかったのだろう。

今回は、あのボッティチェリの「春」や「ヴィーナスの誕生」、ラファエロの「ひわの聖母」他、ルネサンスの絵画や彫刻群を心行くまで堪能した。

四日目、フィレンツェの心臓、高さ１００ｍ余のデュオモの屋根に立つ。途中、行列に従って、聖堂の中を見物しながら徐々に上がっていく。ドームの緩やかな丸みが実感できる、頭が天井に届きそうな、薄暗い石のらせん階段。上りきった踊り場から飛び込んでくるのは目の眩むような真昼の陽射し、そして、絵葉書きでお馴染みの光景。緑の山々に囲まれたレンガ色の屋根やね、教会の塔や銀色の川面。

現代の我々はこうして容易にこの光景を観ることができるが、14~15世紀の人々は一体どんな思いで観たのだろう……教会の建物とは云え、神をも超越したような人間の力の凄さをジワジワ感じて鳥肌だったのかもしれない……そんな底力が地下鉱脈から溢れ出るがごとく花開いたのがルネサンスだったのだろうか……若き日のミケランジェロがメディチ家の工房で立ち働く姿が彷彿……この小さな盆地にそれが実現可能な治安、財力、才能という3つの条件が揃った……等とどこかで読んだ話と重ねて夢想しながらドームの屋根に佇む。

五日目、迷路のような路地を、地図を片手にやってきたのは街並の一角に溶け込んだ小さなアカデミア美術館。建物の前の行列でそれと分かったが、閉館すると見つけるのに苦労しそう……。

目指す「ダヴィデ像」は入館してほどなく、突然という感じで目の前に立ち現れた。先日、ウフッツィ美術館前の広場で雨ざらしのレプリカを観た時、ああお馴染みの「ダヴィデ像」ね、という程度だったのが今、本物を前にして、その神々しいまでのオーラにすっかり打ちのめされた！

「特設」という扱いで、そこだけドーム型天井になって、白い光に包まれた巨大な像は美術品というより、ご本尊という趣きで、観るものを圧倒する。

肉体美の真骨頂だ。今にも動き出しそうな手の形、みぞおちの窪み、まるで赤い血が流れていそうな筋肉の上を這う血管、ウェーブの髪の一房一房、憂いを湛えた大きな瞳、そんな詳細が３６０度の視点から観賞できる。　どうぞ、ごゆっくり観て下さい、とばかりに椅子まで用意されている。

(6) フィレンツェ

午後、駅前広場のレンタサイクルコーナーへ。重そうなウエストポーチをぶら下げたオバちゃんが一人で切り盛りしている。半日でたった5ユーロの自転車はギアも殆どないチャリンコだったが、パスポートをデポに取られる。こんなチャチな代物で大丈夫？　と、一瞬思ったが走り出すとそんな心配は吹き飛んだ。

中心部を通り抜けて川向こうのなだらかな緑の斜面を目指す。ゆるやかにカーブしながらペダルをこいで行くと、糸杉や傘松に縁どられたミケランジェロ広場に出た。観光バスや乗用車の並ぶ駐車場を過ぎると、すぐに、高い台座の上に立つ「ダヴィデ像」のレプリカが目に入る。周辺には露天の土産物屋や屋台が並び、見晴しのいい展望テラスには観光客が群がっている。

一休みして、さらに、走行を続けると、壮大な敷地の庭園に辿り着く。高い樹木に囲まれた墓地やお花畑を通り過ぎると、緑と白の大理石の幾何学模様が清楚な印象の、サン・ミニアート教会の表玄関に出た。薄暗い聖堂の中には観光客も少なくひんやりした静かな雰囲気が漂っている。思いがけず教会の本来の姿に出会い、ほっと安らぐひと時。

外の展望テラスからはフィレンツェの町が一望の元。デュオモのドームや鐘楼、アルノ川にかかる幾重もの橋が柔らかい午後の陽射しに包まれている。

帰りは、坂道をあっという間に走り抜けて川べりに戻って来た。町の中心と反対の川下へ向かってゆっくりペダルをこぐ。しばらく走ると小さな公園に出た。土手に立つ木の幹に自転車を寄せて、夏場限定らしきにわか作りのカフェバーでコーラとサンドイッチを買い、ベンチに座る。ヨチヨチ歩きの幼児を遊ばせる母親、新聞を読む老人、犬を連れた老女たちが寛いでいる……こんな、現地の人々の日常に紛れ込むのもささやかな旅の愉しみだ。

自転車を返却し、ウィンドーショッピングしながら狭い町を歩く。町の外見は古いが、ファッションのセンスは最先端でミラノやニューヨークを凌いでいるのでは、と感心するほど、どのショーウィンドーもつい見とれてしまう。

服飾に限らず、軒を連ねる土産物屋、工芸品やアンティークの店の醸し出すしっとりした職人芸の味わいは素人にも分かる。

そんな店先のベンチに等身大の「ピノキオ」が客を呼び込む風情で座っている！　店の中は可愛らしい木彫りの土産物がぎっしり。お馴染みの童話の原作者がフィレンツェ出身という事を初めて知った次第だ。

露天市が縦横に所狭しと並ぶ広場に出た。背景に端正な大理石のファサードのサンタ・クローチェ教会が辺りを睥睨するかのようにそびえている。

引き込まれるように中に入る。ここはダンテを初め、ダ・ヴィンチ、ミケランジェロ、ガリレイ、マキャベリといった、歴史上の錚々たるヒーロー達の壮大なお墓でもあるのだ。

教会内外のそこここに立つ、ゆかりの名士達のレプリカ像が、地面を右往左往するちっぽけな人の群れを見下ろすがごとく。

そんな露天市場をチマチマ歩き回って、屋台の柱に吊るされていた〝メイドインフィレンツェ〟の手作りのバッグを衝動的に購入。

果物屋の屋台でリンゴを一個買い、後ろの流しで洗って貰う。それを齧りながら、中心部のシニョーラ広場へ向かってブラブラ歩く。

途中、一際、賑やかな店先に来て、何事？　と中を覗いてみると、どうやら中国人相手の免税店だ。経営者（多分）も客も中国人が殆ど。まるで香港にでもいるような侃侃諤々の中国語が飛び交っている。間口も他の店の3倍はありそうなスーパーマーケットのような雰囲気。そのフィレンツェに似合わないケバケバしさに圧倒されて早々に退散。

〝～もしも二人が結婚できなければ、ヴェッキオ橋から身を投げます、だから助けて、お父さん～〟というプッチーニのオペラの「私のお父さん」というアリアは、フィレンツェを舞台にしたイギリス映画、「眺めのいい部屋」（86）のテーマ音楽としてとても効果的に挿入されている素晴らしい曲だ。天使の歌声のような美しいソプラノは、どこまでも澄み渡るフィレンツェの空によく似合う私のお気に入り。

そのヴェッキオ橋は橋というより、美しい金細工の工房と土産物店がぎっしり並ぶ商店街。二階建ての橋は住居にもなっているとても珍しいその作りといい、色合いといい、もう一つ先の橋から眺めるとまるで絵本をみているよう！　そのきらびやかな橋の上のショーウインドーを覗きながらふと浮かんだ私の〝もしも〟。

オペラのヒロインの悩みとは全く何の脈絡もないが……もしもこの無尽蔵の宝石の山が全部自分の物だったら、そして迅速に処分せよと言われたら、いかに苦悩してのた打ち回った事だろうか、などと妄想して。あんなに多くの物を身を削るように処分してきた身には、想像するだけでもシンドイ。今の所は、只、只、この小鳥のような身軽さが清々しい。

橋の近くのシニョーラ広場のレストランで、地元の赤ワインとピザの「お一人様」のディナー。純白のテーブルクロスにローソクの灯り、広場からはジプシーの奏でる物悲しい音楽という舞台装置も完璧に整った。

ゴチャゴチャ先の心配をせず、とりあえず「今ここ」を静かに味わうのみ……。

（7）アッシジ

三日目、フィレンツェ中央駅前のバスターミナルから8時出発のアッシジ行のバスツアーに参加。マイクロバスの乗客は5人。運転手がブロークンな英語でガイドも兼ねている。途中のシエナという町でさらに3人が加わって総勢8人となる。

中世の絵の中にいるような美しい朝のウンブリア地方のドライブ、運転手のお喋りがちょっと煩く感じた他は快適そのもの。アッシジはフィレンツェから2時間弱の南東に走った、イタリアの丁度真ん中あたりに位置している。

言うまでもなく、聖フランチェスコ巡礼の地で世界中からの信者（＝ファン）が訪れる観光スポットだ。何よりも映画、「ブラザーサン・シスタームーン」（72）がドノバンの音楽と共にあまりにも有名。映画は宗教の枠を遥かに超えた感動の青春映画の名作なのだ。

途中のコルトナで最初の観光…と言っても町の中心で自由解散、2時間後に集合というシンプルなもの。小高い丘の上の人気のない教会を覗いた後は特に目的もなしに周辺を散策。アッシジ程、有名ではないせいか素朴なごく普通の田舎町。そこら中雑草の生い茂った石の階段の道を登り詰めると、のどかな谷間の村々が眺望できる。そこがゴール。教会広場前に戻って集合時間まで小さな商店街の可愛いお店を覗いて歩く。とても感じのいい街。

谷間の道を走って一時間後、小高い丘の上のアッシジのサン・フランチェスコ教会に到着。集合時間を確認して解散。まだお昼前だったが、入り口付近は世界中からの巡礼者、観光客で溢れている。今夜からコンサートか何かのイヴェントでもあるのだろうか、周辺はトラックが資材を下したり、会場整備やら道路整備やらでざわついている。

そんな工事現場のようなカオスをすり抜けて聖堂に入り、壁一面に描かれたジオットーのフレスコ画——聖フランチェスコの生涯の物語、そして有名な「小鳥の説法」を観る。ここもゆっくり鑑賞するどころではない混雑ぶり。どちらかと言えば、コルトナの鄙びた雰囲気こそが、フランチェスコの生きた世界に近い気がする。

外に出て展望テラスから遠くの野山を眺める。フランチェスコもこの景色を見たのだろうか……どのあたりでクレア尼と出会ったのだろうか……崩れ落ちた小さなダミアノ教会があったのはどのあたり……などと800年前の若者たちの物語に想いを馳せるのもまた愉しい。

（8）ローマ

10月7日、14時、フィレンツェから2時間で終着駅ローマに到着。タクシーで5〜6分、7ユーロ、ここです、と言って降ろされたが、目指すホテルらしき建物は見当たらずウロウロ。ほどなくして細い路地の奥に中庭がありそこが入口らしいと分かる。

古ぼけて埃っぽい通りの石畳に眩い陽射しが跳ね返っている。こんなところにホテルがあるのかしら、ネットで調べた時の3つ星ホテルのイメージはそれ程悪くはなかったと思うが……などと一人ごとを言いながら、スーツケースを引いて建物の裏階段を数段上がると狭い踊り場にエレベーターがある。

上の階で降りて回廊の奥を覗いてみるが誰もいない。柱の裏からモップにバケツの掃除のおばちゃんが現れて、下、下、下へ行けと指さす。

ようやく落ち着いた雰囲気のほの暗いレセプションのフロアーに辿り着く。ネットで見たショットはこれだ、怪しげな幽霊屋敷ではない、やれやれ。その上、スーツにネクタイのコンシェルジェがドイツ語で応対。

そこここで、国籍不明の客が観光パンフレットを読んでいたり、歓談していたり。コーナーのスタンドには現地情報がズラリと並んでいる。

部屋はコンパクトだが、水回りはモダンで清潔、必要な物は一応揃っている。窓を開けるとすぐ隣の建物が迫っているのはフィレンツェと同じだが住み心地はあちらと比べると、16世紀から21世紀へ一挙にグレードアップ。古けりゃいいってものでもない、旅行者にとって使い勝手の良さは最優先の一つ、と、これから一週間のローマの宿にひとまず満足。


宿から徒歩数分のところの「ローマの休日」でお馴染みのスペイン広場に出る。近づくにつれて観光客の姿が増えてくる。横幅の、長い見上げるような大階段は、オープンエアの観客席に似ている。辺りはイヴェントが始まるのを待つ風情の観光客で賑わっている。

映画の中でヘップバーンがソフトクリームを舐めていた階段中ほど、露天の花屋のオッチャンとのやり取りが何とも微笑ましかったスポット辺りも右往左往する人の波。今は屋台の立つスペースなど無理だし、ガイドブックによるとアイスクリーム初め食事は厳禁の由。

階段の頂上に立つモンティ教会に入る。二つの尖塔をもつ教会は思ったよりこじんまりして落ち着いた雰囲気で外の熱気と喧噪から避難するのにもってこいの場所だ。

しばし、祭壇近くの長椅子でぼんやり休憩。ご多分に漏れずここも、壁という壁は、絵画や彫刻の芸術作品で埋め尽くされている。

テラスからローマの町が一望できる。ベージュ色の霞に覆われた遅い午後の町並みは、ヨーロッパというより、まだ行ったことのない北アフリカの砂漠の町に似ている気がする……パウル・クレーの水彩画のような……。

それは「美しい」というのとはまた違う。数週間前にプラハやブダペストのような厳然とした重厚な美しさを誇る古都を観て来た後ではなおさらだ。

時の流れに任せっぱなしの建物の壁、チマチマと不規則に突き刺されたテレビのアンテナ群、洗濯物やゴミ袋も視野の内。世界にその名を馳せた永遠の都も庶民が一喜一憂する日々の生活の空間なのだ。

見る方も自分と同じ匂いを肌に感じて何となくほっとする。肩の力が抜ける。その違いは気候風土から来るのだろうか、民族の血なのだろうか……。

夕暮れ時の空気は暑くなく、寒くなく、とても心地よい。このままでいいんじゃないの……キチンキチンと規則に従って「キレイ」にしなくても……大らかと言うべきか、ズボラと言うべきか、そんなラテン的気分でほっこりほぐれる。それが心地いい。

二日目、ホップオン、ホップオフのバスに乗って町を一巡。

考えてみるとローマは3回目だ……前回は姉たちを引率した18年前、あの時も10月だったが、こんなに暑かったかしら……どこもかしこも人、人、人、まるで民族の大移動、その上、どこもセキュリティーが厳しく時間のかかること。

あの時は素人の自分たちで大抵の観光地へ普通に行けた。特に予約もなしにサンピエトロ寺院の聖堂は勿論、バチカンのドームへの螺旋階段から屋上展望台までも上がれたのだ。今円柱で囲まれた有名な広場はどこにでもある青空市場という長閑な雰囲気だった。今（2012年）のこの人出、混雑、セキュリティーチェックの物々しさは当時から想像もできない。

その広場の土産物スタンドで彼らが曝買いを始めるのに辟易したことを昨日の事のように覚えている。

姉たちにとってはこんな一生に一度の大旅行にきて、家族友人は勿論、隣近所へのお土産なしには帰れないとばかりに買いまくる。そのうちに荷物は膨れ上がり、私が鞄屋へコマ付きのカートを買いに走るというドタバタ騒ぎ。旅は始まったばかりだというのに……

嗚呼！

トレビの泉近くでタクシーに乗ったら、酷いポンコツでドアが壊れていて針金か何かでひっかけて間に合わせていたのを殊の外面白がり後々の話のタネにしたのは姉の友人夫妻のご主人の方。正規だかモグリだか不明の小型のタクシーは5人も載るとギュウギュウだったが、そんな事など全くお構いなしの底抜けに明るいローマっ子運転手のイメージは、「ローマの休日」の冒頭で登場するあの運ちゃんを想像されたし。

またある時、テルミニ駅近くの銀行で両替の際（欧州連合以前）、窓口でチョロマカされそうになり、文句を言うと悪びれる様子もなく、あ、そう、という感じでこちらの言い分が通った！　実はそうなるから気を付けよとガイドブックで予習していたら本当にそうなったのに興奮して、これまた後々の語り草！　そんな旅のエピソードが窓外の景色とシンクロしながら彷彿する。

(9) ローマ

三日目、フォーロ・ロマーノの遺跡周辺を散歩しようと、中に入ろうとしたら「ストップ、切符は？」と言われてビックリ。見ると事務所のような建物の切符売り場に行列ができている。30分程並んで敷地内に入り音声ガイドを借りて観光客の流れに連なる。暑い！　これが7月、8月だと一体どうなるのか、灼熱地獄だ、きっと！

かれこれ40年近くも昔、初めてここを訪れた時はまるで違う世界だった。そもそも何かの建物の中に入る訳ではないので入場券など要らなかったし、観光客もチラホラという程度だった。すっかり黄ばんで輪郭がぼやけたような当時の写真の数々がそれを「証言」している。あれは1975年、語学留学中のロンドンから友人と参加した、19日間ヨーロッパ周遊バスツアーで3泊している。

フォーロ・ロマーノや隣接のコロッセオを背景に、20代半ばのミニスカートのギャル達の屈託のない笑顔がこぼれ、雑草の生い茂る廃墟の原っぱで野良猫とじゃれている。崩れた遺跡で警戒心もなく寝そべっていた猫や空気の匂いまでが彷彿とする。8月だったが、今のようなこの耐え難い暑さはなく木陰に入ると涼しい風が渡っていた。有名スポットを忙しく回るような今風のツアーではなく、ゆったりした自由行動が基本だった。

本当に同じローマなの？　この変わりようは、この民族大移動のような光景はどこまで行くのだろう、すっきりと観光地化されて草むらや石ころの殆どないテーマパークのような遊歩道を歩きながら行雲流水の想いひとしお。何だかザワザワと後ろから時間に追いつめられる感覚だ。

翌日はコロッセオにも足を運ぶ。昨日の共通入場券が24時間有効のうちにと、朝一番に行くと切符売り場にはすでに長蛇の列だったが、今度は切符を持っているのですぐに入れた。

数々の映画の舞台となったコロッセオ、外見上、半分壊れているとはいえ、威風堂々とした円形競技場を目の当たりにしていると、様々な映画のシーンが思い浮かぶ。

一巡する通路からすり鉢状のアレーナを見下ろしながら、P・ユスチノフの暴君ネロや、R・クローの剣闘士グラディエーター、熱狂する古代ローマの観衆、ライオンに追い詰められて全員で固まっている哀れなキリスト教徒の姿などを思い描きながら完全にその世界に浸っていると、ワイワイ、ドタドタとやって来た中国人オバはんグループに現実に連れ戻される。ポカンとしている私に、「そこをどいて！」と身振りで命令調。「写真を写しているの、あんたがいると邪魔」だと。その傍若無人ぶりに呆れて、わざと「イミ、ワカリマセーン？」という顔をしてしばらくは、意地でも動かなかった！

観光にもそろそろ飽きてきた午後、ホテル近くのスーパーで買い物。スイスにもある同じスーパーチェーンのシュパーを見つけると、なんだか日常に戻った気分でワインやミネラルやお摘みなどの買い物。ヨーグルトやハムなどを冷蔵庫に入れ、スナックやお摘みをテーブルに並べたりしていると、すっかり住民気分。しかし、テレビ放送はイタリア語のみで、BBCもCNNもキャッチ出来ずじまい。このグローバル時代に世界中から旅行客が押し寄せているというのにそこまでの「おもてなし」はないのだ……ローマに行ったらローマのやり方に倣え、と言わんばかり。

四日目。朝一番にヴァチカン美術館へ。予想通り、入口付近には何列もの長蛇の列。その日に思いついて、ちょっと寄ってみようなんてことは絶対無理だという事はすでに学習済みだったので前日に入場券は買っていた。それでもその列に長時間並んでようやくたどり着いた入口から、流れるプール状の人の波に流されながら見上げた金箔の天井画、聖書や神話物語を織り込んだ豪華絢爛のタペストリーで埋め尽くされた壁。

展示室や廊下の内外には美術の教科書に載っているような有名な彫刻や置物が配置されている。まるで巨大な宝石箱に放り込まれた感じで、一つ一つをじっくり観るどころではない、あまりにも膨大な質と量。

ガイドブックによると、美術館の展示ルートは全長7キロにも及ぶ、急いで回っても3〜4時間はかかる、という次第で頑張らず適当にブラブラ移動する。途中、気になるラファエロの部屋などをゆっくり観た後は、休憩を兼ねて本丸システィーナ礼拝堂へ。

心を静めてミケランジェロの「最後の審判」とじっくり対面。椅子に座って見上げる縦14m x横13m超、登場人物、実に400人余りの巨大な天上壁画。人間業とは思えない迫力に圧倒される。

普通にキャンバスに描くだけも凄いのにこんな高い天井に足場を組み不自由な姿勢で制約の多いフレスコ画をこれほど見事にエネルギッシュに完成させた齢60を過ぎた痩せた老人芸術家の中にほとばしるような情熱を感じる時だ。

自虐的に中身のない皮だけの自画像を片隅に織り込んだかと思えば、聖なる礼拝堂に裸は不謹慎と文句をつけた当時の教会の事務官を「これでどうだ」とばかりに蛇の絡み付く悪魔に仕立てて織り込んだり……というブラックヒューモアも効いていて中々一筋縄ではいかない彼の職人気質が面白い。時には落ちて怪我をしたりしながらたった一人で黙々とこんな壮大なものを創作したとは！　彼こそがルネサンス、人間賛歌の象徴だと感じた。

(10) ローマ

サンピエトロ寺院から10分程歩くと、てっぺんに天使像を戴いた古めかしい戦艦のような佇まいのサンタンジェロ城が目前に迫ってくる。テヴェレ川の畔に立つこの茶色っぽい円筒型の城塞は映画「ローマの休日」終盤の、船上パーティーのシーンでもお馴染み。元々は皇帝ハドリアヌスの霊廟として建設されたが、時代を経てある時は牢獄、ある時は城塞、ある時は法王の隠れ家、避難所、そして現在は歴史博物館になっている。

薄暗い地下階段から外に出て、露天の土産物売りの屋台がひしめく川沿いの道を歩く。優美な天使像を等間隔に載せた橋を渡ってしばらく行くと、荘厳なバロック式教会を囲む賑やかなナヴォナ広場に出る。

カフェやレストランが軒を連ね、日除けパラソルの林立する中央付近にはあちらこちらに似顔絵かきのサンプル画が立てかけられている。椅子に座って微笑むモデルと絵描き、色とりどりの風船売り、意味不明の露天商、水遊びの子供たち、カメラに向かってポーズする若者たち、陽気に動き回る大道芸人、その合間を右往左往する観光客の群れ。

16時、カフェに入って一休み。一際、目を引くのは、縦長の長方形の広場の中心に立つオベリスク（石柱）とその下の噴水の彫刻群。筋骨隆々の髭の巨人が今にもこちらに向かって飛び出してきそうな躍動感溢れるこのオブジェは、ガイドブックによると、バロックの寵児ベルニーニの作で世界の4大河を擬人化したものとの事。

広場の南側にはイルカに跨るムーア人の噴水、北側には海神ネプチューンの噴水。渾身の力でオオダコと戦い水しぶきを上げている。

一つ一つに物語はあるがそれを知らずとも、水の中の馬などたてがみを躍らせ目をむいてまるで今にも飛び出して来そうな迫力、これでもかこれでもかと迫る肉体美、筋肉美のオンパレードに圧倒されること請け合い！

そうそう、ダン・ブラウン原作のサスペンス「天使と悪魔」（2009）の中の謎解き、暗号の「水」のスポットはここ、ナヴォナの噴水だ。「水」のほか、「土」「火」「空気」で象徴される有名なスポットで一時間おきに4人の次期法王候補を殺害するとの予告がある。ヴァチカンの奥のシスティーナ礼拝堂ではコンクラーベ（次期法王選出）の準備が整い、4人の法王候補の到着を今か今かと待っている。

前提に秘密結社イルミナティからカトリック教会への積年の報復の宣戦布告……暗号を解読すべくT・ハンクス演じる紋章専門学のアメリカ人教授が緊急に要請されてやってくる、という前代未聞の壮大なアクション映画。

映画を観ただけでは、何だ、これは?……只、只、ローマの市内を全力疾走しているだけのオリエンテーションゲームという印象ではあるが、原作を読んでいた私には、映画は謎解きよりもヴァチカンの内部や闇の部分を如実に映し出す画像が印象強烈だった。

まず、第一に、「コンクラーベ」なんて、普通は煙突から出る煙が白か黒か、をマスコミの報道で知るのが関の山、ところが映像はその一部始終を圧倒的リアリティで見せるのだ。

世界中から集まった枢機卿たち、儀式を取り仕切る係官や警備官、保全係りや監視官、報道官、城塞のようなオフィスの最新のIT設備などなど、普段、決して目にすることのない、ヴァチカンの建物内の教皇の部屋や図書保管庫などの詳細、スイス人警備員の任務役割など話や読み物でしか知らなかった世界が忽然と現れたのだ!

登場人物、カメルレンゴ（教皇侍従）のI・マクレガーはいかにもという適役だし、さらに枢機卿役のA・ミュラーの存在感などなど……よくできたドキュメンタリーに見えた！

そんな観点から映画を評価するが、物語としてはあまりにも短絡的で無理があり、荒唐無稽なハリウッドアクション映画……それでも本筋の部分での無さそうでありそうな絶妙なバランスは余韻を残す。

「ダヴィンチ・コード」に続くこの「天使と悪魔」は、当時、久しぶりにページをめくるのがもどかしい程の興奮であっという間に読んだベストセラーだった。こんな、タブーの深部まで、一体どんな風に調べ上げたのか、只、凄いという読後感を覚えている。

当然フィクションだが、それを構築する精神世界の屋台骨の背景、裏歴史をマニアックな程のリアリティーと説得力で読ませた。

本が出た直後、教会側から「事実に反する」的な抗議があった……と、どこかで読んだ記憶がある……という事は逆に全くの荒唐無稽とも言えない、証拠なのかも。

(11) ローマ

ホテルの近所で偶然に見つけたテアトロサロン・マルガリータは、表の掲示板に貼られた派手な色調のポスターが無ければ気付かず通り過ぎてしまいそうな通りの並びに納まった小さな劇場だった。

好奇心につられて入ってみると、様々なチラシやパンフレットが置いてある。人目を引くポスターの正体は、オペラ「ラ・トラヴィアータ（椿姫）」だった。

上演スケジュールは水曜日と土曜日。2日後が滞在中唯一のチャンス、即、窓口で切符を購入したのはローマ到着2日目のこと。シンプルに窓口で座席を指定して現金で！

ネットで買ったミラノ、スカラ座の「ラ・ボエーム」のチケットは、未だに〝ボッタク〟られた、というすっきりしない気分が尾を引いていたので、こんな当たり前な事に感激しつつ。しかも2階正面の最前席でたったの30ユーロ、WAO！

「ラ・ボエーム」のざっくり10分の1（実質275ユーロの額面92ユーロ）という値段の差に最初は、え？　もしかして何かの間違いでは、と窓口で聞き返した程……という次第で「椿姫」の好感度は観る前から上々！　これぞ正に〝江戸の敵を長崎で打った〟想い（笑）で胸のつかえもとれた……（これには後日談あり）。

ネットはとても便利で重宝するものの、一旦、問題が起きるとお手上げ、クレームを言いたくても相手の顔が見えない。複雑な回路をたらい回しの末に辿り着いた相手が生身の人間なのか、自動録音なのか等など、不確かな事この上もない。そのうち面倒くさくなってギヴアップという流れに至る。目論見通りに行けば話は早いし達成感もあるが、期待外れもありなので、蓋を開けるまで不安なギャンブル的要素も大と言える。

この3週間余りの旅行プランも全てネットで作成したが、パソコンは持参しなかったので、事前の予約確認やその他の情報収集で、毎日、町中でネットカフェを捜すというさらなる不安と不便はついて回った。しかし、それも過ぎてしまえば又、旅の一ページではあるが……。

さて、夜はオペラ鑑賞というメインイヴェント控えているこの日、それまではのんびり時間つぶしのつもりで10時頃ホテルを出て、スペイン階段を登りきった先の小高い坂道をブラブラ散歩。

テヴェレ川の向こうにサンピエトロ寺院のドームや教会の尖塔などが見渡せる。さすがにこの辺りまでくると観光客も少なく落ち着いた雰囲気。ボルケーゼ公園入口付近でレンタサイクルの店が目に留まり、早速、一台調達。

森の中は市民の憩いの場であり仕事場でもあるようだ。広大な緑地には、のんびり日向ぼっこという雰囲気でボッチャ（球投げ）に興じる熟年グループがいるかと思えば、反対側の車道を風のように通り過ぎるヘルメットに揃いのユニフォーム姿のロードバイクのグループ。一瞬、パンターニやインデューラインが巻き起こす、ジロ・ディ・イタリアの熱狂を彷彿させる。そう、イタリアはサッカーより何より自転車が盛んなのだ。

そこここで生垣や芝生の手入れをする職人の姿があり、黙々とそれぞれの役割を果たしている。入館はしなかったが広大な敷地には美術館や博物館、馬術競技場や動物園、学校もあるようだ。

そんな中を特に目的もなく適当に休憩もしながら、ゆっくりペダルをこぐ。坂を下れば市内に入るから道に迷うこともない。

緑地を後にして人通りのない川沿いの道を走る。このまま行けば、ポポロ広場に出るはずだと頭で地図を描くが中々思うポイントに出ない。道を聞こうにも通行人が殆どいない。ま、急ぐことはないのだなどと考えていたら、都合よく前方から年配の女性が自転車でやって来た。

聞いてみると、だいぶ逆に来ていますよ。私も今そっちに行くから付いていらっしゃいとの親切な申し出。こういう時、たとえ言葉が通じなくても、例外なく、本当に世界には善意の人で溢れていると感じる。ドラマやニュースで見聞きする「悪い」話、あれは特別なのだ、だからニュースになるのだと心から思う。ろ無事自転車を返却して昼のプログラム終了。

スペイン広場近くのマクドナルドで夕食を済ませて、一旦ホテルへ向かう。同じ通りの劇場への道にはすでにドレスアップした男女が笑いさざめき、当日券売り場には行列で、そこが「劇場」であることは遠くからも一目瞭然。つい昨日までとはうって変った華やぎが周辺に溢れている。

上演まじかに中に入ると、100席程の座席はすでに大方埋まっている。開幕を待つざわめきの中でパンフレットを見ながら思いを巡らす。

以前、チューリヒのオペラ座で観た「椿姫」、音楽はさておき、そもそも、肺病で死にかけているヒロインが、衣装がはち切れそうな程太っていて違和感だらけだった事を、それが映画のG・ガルボのイメージが強すぎるせいだとは分かっていても……。

さて、幕が開き華やかなサロンのパーティーの場面で一気に物語の世界へ突入。ヒロインはそれほど有名なスターという訳ではないが若くて美しく、相手役も長身の美男で設定に違わず……でここはまずクリアー。

その他は、映画のイメージ以外（それもほんの少しだけ）、ストーリーはすっかり忘れていた上、言葉は全く分からず、解説するガイドもなし、スカラ座のような英語の字幕スーパー（？）も無し。それでも、パリの高級娼婦、パトロン、男爵、仮装舞踏会、決闘、肺結核等のキーワードでフォローできたのは凄いと思う。

しかも2階の最前席からは、役者たちの表情や息遣いが手に取るように感じられて、まるで生身の人間の喜怒哀楽を目の当たりにするような一体感で物語の世界に浸った。これぞエンターテインメントの極致と、この偶然の「めっけもん」に快哉した宵だった。

(12) マルタ島

ローマから1時間半、長靴の形をしたイタリア半島の先の石ころのようなシチリア島の、そのさらに先の地中海の真ん中に浮かぶ芥子粒のようなマルタ島に、12時25分、予定通り無事到着。

昨日は、どしゃ降りの雨の中、事前の下準備でテルミニ中央駅へ行き、フィウミチーノ空港行き急行列車のホームと時間を確認。さらに24時間以内のオンラインチェックインをしておけば明日は楽だ、と近くのネットカフェで格闘すること1時間。しかし何度やっても「不可」と出る。

今朝は昨日の下準備の効果もあってか電車の乗り継ぎは勿論、空港での直接のチェックインも拍子抜けするほどスムーズ。昨日のネットカフェでのあの焦りと時間は何だったの！　などと内心で一人二役の会話を半ばエンジョイしながら入国。


到着ロビーで荷物を受け取ってエントランスホールに出ると、すぐに自分の名前の書かれたプレートが目に入る。出迎えたのは40代半ばと思しきエルトン・ジョン似の小太りのご主人の方だったのはちょっと意外だった。

挨拶もそこそこにテキパキという感じで私の手からスーツケースを取ると駐車場へ進み、停めていたランドローバーに積み込む。

これから7泊8日のホームステイ、ホストのスティーブンさんは運転しながら、簡単な挨拶とこれからの予定等を説明してくれる。

それまでのメールのやりとりは専ら奥さんのクミさんだったので、ひと段落ついた頃、彼女はどうしたの？　と聞くと仕事が忙しいのだ、と言葉少なに言う。てっきり、ホームステイ（民泊）業が彼らの家業だと思い込んでいたが、何だか違うようだ。

ま、いいや、時間はたっぷりある、そのうち必要な事はそれなりに判明するだろうと、それ以上は質問せず。

30分程走ると、首都ヴァレッタに次ぐマルタ第二の町、セント・ジュリアンの目抜き通りに面した彼らのマンションに到着。道路の反対側は防波堤を隔てた港というロケーションの狭い車寄せに停めて、8階建ての6階フロアーでエレヴェーターを出る。

そもそも一度マルタ島に行ってみたい、と思ったきっかけは、その古い歴史でも風光明媚な景色や世界遺産でもなく、ミャーウ!「猫」! マルタ島の猫は餌を手で食べる、という話をどこかで読んだ記憶が頭の片隅にあったような気がする。

そんな時、ローマの次の滞在先をマルタ島としたのは、ネットサーフィンしている時に見つけた日本人経営のホームステイのホームページの素晴らしさだった!

コバルトブルーの海を見下ろす花に囲まれた瀟洒なマンションのバルコニーでテーブルを囲むホストファミリー夫妻と滞在客たちの楽しげな様子、そこに付けられたコメントはどれもすぐに行きたくなるようなものばかり! それらの写真に魅了され、これだ! というばかりにすぐにメールで予約という流れだった

7泊8日スタンダードルーム（朝食&夕食付き）観光スポットを車でガイド付き16個の中から10個まで滞在費に込みで自由に選べる、とある。（オプションで）英語のレッスンや料理教室もあり、マルタの家庭料理を習うこともできる、と謳っている。

因みに私の滞在費はオプション無しで１４５８００円。観光は程ほどでいい、こんな実家に帰ったような家庭的な雰囲気の中でのんびりと最後の休暇を過ごせたら大満足だと当時、コスト面はそれ程気にならなかった。何しろその2週間後には大掛かりな日本への引っ越しが待ち構えているのだ。それに続く波乱万丈を思えば、今はじっくりと充電の時なのだと考えていた。

さて、スティーブンさんの後ろからマンションの部屋に入る。ドアを開けると前後に長い廊下のような間取りの居間があり、右手に海に面した正面にバルコニー、反対側の裏の道に面した側に窓があり奥の客間になっている。

壁側に大小2つの客間、向かい側にキッチンと共有のバスルームが並んでいる。誰かが泊まっているようだが、昼間なので出払っているのだろう、ガランとしてまるで生活感がない。

あのホームページの写真は一体何だったんだ、ヘンだ、と感じつつもすぐには口に出せず。彼は次のスケジュールが迫っているらしく、太った体にストレス気味に汗を滲ませている。

こちらが貴女の部屋です、と言って裏の道に面した奥の部屋へ案内される。掃除は行き届いているし、部屋の大きさもまあまあ、一晩寝てみないと何とも言えない……。

そんな私を見て、彼曰く、あちらの壁側のダブルルームは後2日で空く。追加払いをすれば移ってもいいですよ、と。

これから、用事があるので夕方まで戻りませんが、もし、買い物に行きたければ、スーパーはすぐ隣です。水や飲み物、自分用を買って名前を書いて冷蔵庫に保管して、買い物用のエコバックは冷蔵庫の横です、と言ってポカンとしている私を残して慌ただしく出て行った。

それでも夕食は付きだから、そのうち奥さんのクミさんが帰ってきて、「ホームステイ」らしい団らんがあるのだろうと思っていたが、結局、その日、彼女は影も形も見えず。

夕方になって、東京から一人で来ているというキャリアウーマンタイプの30代のユリエさんが帰ってきた。さらに京都からきた20代の美容師のミカさんも帰宅して、お互いの簡単な自己紹介やこれからの予定などをお喋り。

そうこうしているとスティーブンさんが、再び、バタバタ、額に汗しながら、両手一杯の荷物を抱えて戻って来た。すぐにバルコニーのテーブルセッティングをしたかと思うと、どこかからもってきた「出前」料理を広げ始めた。訳が分からず唖然としている私を尻目に二人は誰言うとなくお手伝いを始める。いつもの事よ、と言わんばかりに。ディナーが始まると、又、後で来るからと言ってスティーブンさんはどこかへ消えた！

(13) マルタ島

翌朝、目覚めるとスティーブンさんが台所と居間を行き来して朝食の準備中だった。居間のテーブルにはパンやシリアルやヨーグルト、ミルクやオレンジジュース等が置かれている。

夫婦の寝室はないのでここに住んでいないのは確かだ。挨拶のついでにさり気なくどこに住んでいるのか尋ねたところ、すぐ近くの母親の所だと言う。昨夜の夕食もそこでこしらえて運んで来たという事が分かったが、疑問のモヤモヤは膨れる一方。

彼はすでに食べた後らしく、準備が終わると、窓際のデスクでパソコンに向き合っている。今日のスケジュール調整に取り掛かっているのだろう。3人の泊まり客のプログラムはそれぞれ違う。

さて、それぞれ、紅茶やコーヒーを淹れてトーストをつまみながら、ユリエさんやミカさんとお喋り。ちょっと変わった私の来歴やここに来るまでの旅の苦労話や失敗談を二人は面白がり、私は私で久しぶりに日本語で思う存分喋る快感に話は朝から盛り上がる。

各地でネットカフェ回りした話、例のオペラ座のチケットの話には彼らも同調して憤慨してくれ、一度、サイトから苦情を言ってみては、となった。

唯一この家でホームステイらしく自由に使えた常設のタブレットで問題のサイトへのアクセスに成功。こちらの言い分が載ると、即、それはプレミアムチケット云々、の尤もらしい返答も掲載された、というそれだけの話ではあるが、一応、訴えが届いて気分は収まった。

ミカさんの日課は午前中の1時間、スティーブンさんとのマンツーマンの英語のレッスン、残すところ後2日……英国人の父親とマルタ人の母親のミックス、顔だちも言葉も英国調の彼のレッスンにはまずまず満足している由

ユリエさんは私より3日早くからの滞在、謳い文句にあったマルタ料理にちょっとした

興味が湧いて、一度、彼の指導で一緒に作ってみたら結構面白かったとの感想。ホームページの体験談の書き込み程ではないにせよ、お二人はそれなりに「ホームステイ」を評価している様子。

数少ないスティーブンさんの日本語のボキャボラリーに「オヤジバー」というのがあり、それが何とも唐突で印象に残っていたところ、お昼前、散歩がてら全員でそのバーに行くことになった。

深く入り組んだ入り江のカーブの地点にそのバーはあった。何のことはない、港で働くオッチャン達の溜まり場という雰囲気の地元の立ち飲みパブだ。

特にビールやワインを飲みたい時間でもないし……ウーン……なんて店の前で二の足を踏んでいたら、思いがけず、背後から黒っぽいスーツにハイヒールのシャキッとした感じの日本人女性が現れた。にこやかに笑いながら、こんにちはー、昨日は留守で失礼しましたと、と、先ず初対面の私に挨拶したのは40代前後と見えた奥さんのクミさん。

慣れた仕草で中へと促しながら、主人の行きつけの「オヤジバー」でとりあえず一服しましょう、と今度は彼女の口からそのボキャボラリーが出て、成る程、これは彼女の命名だったと合点。すでに奥のカウンターで馴染のキーパーと喋っているご主人にも同時に声をかけると、私達とテーブルを囲む。そこで早速、色々な疑問をぶつけてみる。

先ず、単純に自分がイメージしたホームステイの雰囲気とはかけ離れている事、ホームページで観た写真や書き込みと実際は違う……第一あの写真は今居るマンションなのか……という点など……あまり攻撃的にならないように気を付けながら。何しろ、すでに滞在費は全額支払い済み、何だかんだと言っても、これから1週間全てお任せして過ごさなければならない身だ。ギクシャクしたくはない。

すると驚いた事に、ごめんなさい、実はあのホームページの写真のマンションは改築中なので、今、皆さんが泊まっているのは別の物と言うではないか！

道理で、と腑に落ちたものの、それより気になったのは彼女の不在だ。てっきり、ホームステイのお母さんとして、エプロンを着て台所で家庭料理を作り、ご主人をサポートして泊り客を観光案内等・等・とホームページで演出された世界を勝手に想像していたら、ガーン！　裏事情を積極的に話してくれた訳ではなかったが、実態は近くの旅行社（日本人相手）にフルタイム勤務で、今日もお昼休みを利用しての外出で、時間になると、慌ただしくハイヒールを鳴らして職場へ戻って行ったのだった。

因みにそのホームページのサイトをいつか紀行文を書くときの参考にとしばらく「お気に入り」でキープしていたが、その後、間もなく削除されていた。その上に、旅行に出る時、デジカメの充電装置を忘れて、写真がフィレンツェ止まりなのも重ね重ね残念。

午後、港の先のヒルトンホテルへ。海を見晴らす屋外のプールサイドにはビーチパラソルの下で寛ぐ人々、傍らに子供たちがバチャバチャ水遊びをするホリデーの光景が広がっている。

クミさんに教えてもらった、ホテル内のフィットネスジムの受付けで、臨時メンバーの手続きをして、早速、屋内の殆ど人気のないプールでゆっくり手足を伸ばす。何はともあれ、この数週間の緊張や疲れがほぐれていく。先の事はあまり考えるまい……。

⒁ マルタ島

帰途、ホテル周辺の商店街で、偶然、一目で日本と分かる観光ポスターが目に留まり、ガラス張りのオフィスの向こうで働いている当のクミさんの姿が目に入る。まあ、こんな近くだったんだ、何故、言ってくれなかったんだろう……等と考える一方で、オヤジバーで見せていた快活な表面と裏腹の、ふとした隙に浮かぶ厳しい表情が同時に思い出されて何となく声をかけそびれる。

その晩は、一体、どんな風に手配したのか、クミさん主導の「和食」だった。お寿司や味噌汁を始め和食の材料は今やヨーロッパ中どこでも手に入るので、それ程ハードルが高いという訳ではないが、酢の物や煮物や、といったチマチマした和食はお皿に盛り付けるだけでも手間暇がかかる。彼らの生活スタイルからすると、大変だったと容易に想像できる。

多分、ミカさん最後の夜という事もあって、珍しくスティーブンさんも同席でやっとホームページにあったあの「ホームステイ」というドラマの登場人物と小道具は揃ったものの、私の目にはどうしても「取り繕っている感」が透けて見える。

久しぶりの和食をみんなで和気藹々のうち、それなりに楽しんだが、プールの帰りに偶然、職場の彼女を見かけた事を、こちらから気軽に話題にするのは憚られた。

さて、餌を手で食べるというマルタの猫を見てみたい、本当にそんな事をするのかしら、と自問自答しながら3日目の早朝、防波堤の道を散歩。

リゾートホテルの庭の一角にキャットヴィレッジとカラフルな文字で書かれたダンボールの看板があり、ぬいぐるみや遊具で可愛らしく飾られた猫の園がある。簡素な仕切りの中にはお皿や寝床がしつらえられていて数匹の猫が思い思いに場所を占めている。

海風を受けて心地よさそうな半目で〝事足れり、これ以上何を望むか〟という哲学者のような雰囲気の猫達を眺めていると、近所のおばあさんが餌や水を持ってやって来た。

何やら喋りながら、テキパキと掃除をして並べたお皿に餌を入れ、それぞれの場所に置くと、ゾロゾロと「朝食」に集まってくる。しかし、話に聞いた、手で掴むなどというガツガツさは見られず、ごく普通。

翌日の夕方も「マルタの猫」を探して、入り江の反対側の岩礁で釣り糸を垂れている現地の人達の方に近づいてみる。周りにいた数匹のノラ達の、釣り糸の先をじっと見つめているような風情は夕暮れの海辺をバックにしたメルヘン世界そのもの。

そんな中で、釣ったばかりの魚をゲットした一匹の猫を、さて、どうする、と観察するが特に変わったこともなく獲物を対処している……あの話は誇張だったのかも。

それはさておき、釣り人達は釣った魚を当然のように猫たちにやっている。まるでそのために釣りをしているという風に。それが魚のサイズによるのか、その辺の事情は分からないが、人口の2倍の70万〜80万匹というマルタのノラ猫たちが島の人達から愛されているのは間違いない。

ミカさんが日本へ発った3日目、スティーブンさんの運転でユリエさんとペアになり、周辺の主だった観光スポットに出発。

わざわざ日本からマルタを目指してきたユリエさんは、事前に色々と勉強をしていて知識があり、思い入れも強く観たい所もはっきりしていた。

その彼女に比べて「猫」以外、特にこれと言ったこだわりのない私、というコンビだったが、結構ウマがあい、話が弾んだ。

断崖絶壁の下の船着き場から救命具を装着して、8人程の小さなボートで、海底まで透き通るようなサファイアブルーの「青の洞門」を30分の遊覧、少々の波があり、スピードが上がると飛沫が飛んで来る。久しぶりに子供のように歓声を上げたスポットだ！

船着き場ではスティーブンさんが彼女のカメラで撮ってくれる。この日の3人のこの距離感はとても心地良かった。おそらく彼も同じ思いだったと思う。女二人で勝手に盛り上がってくれるので、要所要所で簡単なガイドをし、必要に応じて入場券を調達してくれる便利な「アッシー君」という役まわりで。

「青の洞門」の後は、マルタ一の高台から地中海の海と空の青に染まりながらディングリークリフを歩き、古代遺跡のタルシーン神殿を散策。

白い天蓋の下に採石場のような先史時代の遺跡には、祭壇や豊饒を祈願した女神像やレリーフの施された石のレプリカ等が無造作に転がっている。オリジナルは、国立博物館に展示されている由。

首都ヴァレッタから一番近い遺跡という事だが、観光客はまばらで長閑な風景の中、1時間弱のコースを回って、入り口で待機中の車に戻る。

車で20分程走ったヴァレッタで、スティーブンさんと別れてユリエさんと二人で町の中心広場へ向かう。

四方八方に入り組んだ石畳の坂道はどこもかしこも観光客で溢れている。

先ずはランチをしましょうと広場の青空レストランに入ってピザを注文。すでに2時を過ぎているが、十字軍のヨハネ騎士団で有名なこの教会前広場の店はフル回転の忙しさ。

そんな中で、ゆっくりランチ休憩をした後、買い物に行くという彼女と別れて、教会に入ってみる。

(15) マルタ島

四日目、今日はマルタ最大級の生活雑貨の火曜マーケットに行きます、との、スティーブンさんの発表に、特に買い物に興味がないので私はパスします、と断ると、え？　どうして、これはプランに込みだよ、行かなきゃ勿体ないよ、という意外な顔をした。マーケットはともかく彼と一緒にいるのが何だか気詰まりで面白くない、それに、行きたきゃ一人でも行ける、というのが本音だった。

朝夕の食事と観光地案内の最低限の契約の義務は果たしているものの……ミカさんが出た後、追加払い数ユーロで部屋を変われるが、とか、ゴゾ島へのオプションツアー、ランチ付き80ユーロでいいよ、とか（こちらが尋ねてもいないのに！）1ユーロでも多く稼ぎたい、カネ、カネ、カネが目当てというのが次第に鬱陶しくなってきた。

同時に、最初はクールで英国的だと好意的に捉えていた接客態度も、次第に尊大だと感じられてきた。

今になってみれば、あの頃は彼も大変な時で必死だったのだろう……と少々、同情しないでもないが……しかし、それとこれは別。


マーケットの代わりに先日、ショートの会員登録をしたヒルトンのウェルネスクラブへ。偶々タイミングよく始まったヨガのコースに入ってみると、若い男性インストラクターにたった3人の参加者。

1時間びっしり集中すると、溜まっていた諸々のストレスや雑念が汗と共に排出されるようで気分爽快。コースの後は併設のサロンでタイマッサージを受け、ひと泳ぎした後はプールサイドで読書をしてのんびり過ごす。


夕方、部屋に帰ると、ユリエさんが買い物の荷物を広げて整理している。そろそろ帰国だね。マーケットはどうだった？　などと今日の首尾を喋るうちに、それまでも折に触れ持ち上がっていた例のテーマになる。

彼女も、最初からこのホームステイは宣伝の内容と違う、ちょっと変だとは思っていたものの、すでに前払いをして、来てしまった以上……と全く同様の思考回路。

滞在も残り2日になったが未だに気持ちはすっきりしないまま、こうして裏でグチを言い合ったところで何のメリットもないし、相手のためにもならない、せめて奥さんに我々の本心をぶつけよう、となり、電話をする。

一度会って直に話したい事があるが、いつだったら会えるのか、とできるだけクールな口調で伺いを立てると、とても驚いた声で、「ごめんなさい」と謝り、仕事が終わり次第、すぐ行きますという返事にこちらがビックリ！

5時過ぎに帰ってきた彼女とテーブルを挟んで向き合う。あらためて、ホームページの内容と現実のこの違い、私達の騙されたようなモヤモヤした不快感を払拭するべく、それなりの説明が欲しい、という事をやんわり告げると、平謝りという感じでごめんなさいを繰り返す、痛々しい程の罪悪感で半ば涙を浮かべながら……。

その上で、時間がなかったのだと言う、それにしても、メールでやりとりした時にその点を言明すべきではなかったのかと質すと、言いにくそうに、実は離婚する事になり、急な事でホームページを修正したり、お知らせしたりする時間も気持ちの余裕もなかったのだとの答は、大方の予想通り。

一方で、もしそんな事をわざわざメールで知らせたりしていたら、誰もここでホームステイなんかしたいとは思わなかっただろうから、おそらく夫側の「カネ、カネ」という強引な意見が通り、彼女は黙って従ったのであろう舞台裏は想像に難くない。

しかし、我々の前で夫の悪口は一言も言わず、否、言えない苦しい立場の彼女が気の毒になり……複雑……こんな遠い異国で大変な人生の局面に遭遇している若い邦人女性をわが身に置き換えていつの間にやら同情する側へ……故郷の札幌へは帰らず、ここでなんとか頑張ってみる、という彼女を励ますという予期せぬ展開に！

翌日の午後、何とか穴埋めをしようとやりくりしたらしいクミさんも同行して、島の中心部の小高い丘の上に立つ中世の城塞都市イムディーナへ。

夫婦の間で細かな取り決めがしてあったたらしく我々を降ろすと、スティーブンさんはどこかへ去り、ユリエさんと二人はクミさんのガイドで、アラビアンナイトそのものの雰囲気の「静寂の町」イムディーナの狭い路地を散策。

1時間後、迎えに来たスティーブンさんの車で、ヴァレッタの劇場でミュージカルの観劇。これは予定になかったもので、どうやら、昨日の我々の「陳情」が効いたらしいおまけのサービスプログラム。どっしりとした英国調の劇場で観劇したミュージカル喜劇「カレンダーガール」は、原作の映画を観ていたこともあって中々面白く楽しめた。

ユリエさんが発って一人になった最後の二日はヒルトンのスポーツクラブに通う傍ら、定期便のバスで近隣へ出かけたり、マルタの猫を探したり。

そんな折、バス停留所の向かいの小さな旅行代理店で目に留まった、ゴゾ島周遊ツアーに参加して最後の一日を過ごす。スティーブンさんがオファーした同じコースで料金は4ぶんの1だった！

ユリエさんが聞いたらさぞ悔しがっただろう、「ゴゾ島は是非行かなきゃ、あそこはブラピ主演の映画「トロイ」のロケ地なのよ」と張り切ってスティーブンさんのガイドで行ったのだった。そんな訳で古代ギリシャの舞台のようなゴゾ島は、私にとってはクミさん夫婦の事なども含めた、強烈な現実に押しやられた背景という淡い印象しかない。

さて、色々な人や美しい景色に出会い、問題にぶつかり、一喜一憂した3週間余のイタリア～マルタ島の一人旅は、のんびりしているようで結構充実した節目の時間だったし、人生の次のステップへの自信や糧になったと言えるかも……。

〝摂心〟正眼寺主催に参加して　ベルン州・キーンタール

2013年9月2日〜7日

正眼寺（臨済宗）主催の恒例のスイス座禅合宿「摂心」に誘われて初参加してみた。日本に居を移して約十か月。

まだまだ落ち着かない心身状態で何かを掴みたい、己の本心を探りたいという掴みどころのない願望の解決策という訳だった。

いや、もっと単純にスイスで快適な夏を過ごしたい、それも一人で、ではなく、同じ「テーマ」で集まる、謂わば、「同志」のような人々と一緒に、という方がより正確かも。

誘ってくれた友人のk子さんは、普段はチューリヒ市内の禅堂へ通い、夏はこの合宿に参加していた。

その一年ほど前、人生最大の岐路に立たされ、迷いの渦中にあった私に、「一緒に座ってみる?」と誘ってくれた、という経緯がある。

チューリヒの禅堂は、普通の家屋……と言っても庭には背の高い木々の鬱蒼と茂る邸宅……の内装を、禅に心酔するオーナーが、座禅道場風にリフォームしたという。道路に面した外観からは想像がつかないが、一旦建物の内部に入ると、町中にこんな幽玄世界のようなスポットが! と初めて見た時はビックリ。

さて、キーンタールに現地集合した参加者総勢39人の構成は、日本からの山川老師様一行とチューリヒの禅堂のスイス人和尚さんとそのメンバー、そして、その周辺の禅や瞑想に興味のある者という構成で、中にはフランス人の尼さん、レバノン出身の坊さん、南米生まれのドイツ人や若いブラジル人4世の女性とか様々な人種と背景は正にZenはInternational。

04:30 起床。
05:00 座禅、参禅(個別に老師と対話)
07:00 朝食

08:45-10:15　老師の法話
11:00-15:00　ハイキング、自然の中で座禅
16:45-17:30　作務 シャワー休憩
17:30-18:00　夕食
18:30-21:30　座禅、参禅

青く澄み渡ったアルプスの山懐に突然、華やかな国際交流の場が出現した初日の顔合わせに続く二日目からのプログラムは右表の通り。

結構、きつい時間割りだが、これが初めて会った雑多な人間の混成チームとは思えない程テキパキと事が運び特に食事など、練習した訳でもないのに、まるでここは軍隊?と思えるほどの習熟ぶりに目を瞠る。

食事中は無言、音をたてないよう等の作法等いくつかの注意があり、初参加で慣れない自分が流れを混乱させたりしては、とかなり緊張していた。

3種類の鍋や大皿が回ってくるたびに合掌、敬礼し、自分の皿にとって次へ回す、取った食べ物（全て薬膳）は、当然、残さず食べ、食べた後はさらにお茶で洗って飲みほす。デザートが終わると、上方から汚れた（しかし洗ったようにきれいな）お皿やコップが次々に重ねられてくる。最後に台拭きが流れてきて同様に回していく。

それが見事に30分弱で全て終了、テーブルはピシッと線を引いたような清潔さ、一同起立、礼をし、再び整列して退場。

台所の前を通る時、これまた折り目正しく整列している食事当番の人達に合掌とお辞儀。何だか舞台の上でお芝居をしているような気分。

それが単に、バタバタ忙しいのではなく、流れに乗ってお茶の作法のように凛として美しいのだ。

まだうら若い雲水さん達の食欲の旺盛なこと、スピーディーなこと、食べ物を大切に感謝して頂く姿は感動的！

日本から来た檀家さんの女性達は全員が、参禅の時はピシッと襟を正し凛とした袴姿で、普段着の時とは顔つきや人格まで変わってしまうような印象が興味深かった。

薬膳の食事と規則正しい生活のお蔭で体調は抜群！　下剤なしで(私にしては画期的！)決まった時間にお通じがあったのが何よりの嬉しい収穫。

絵のように美しいベルナーオーバーランドのハイキングは毎回（4回）違うコースで、薬膳のお弁当やお茶、全員分を作務衣の坊さん達、現地参加の男性陣が運んでくれた。大きく膨らんだリュック、背中の隙間にロールにして差し込んだいくつものカーペットを背負って細い山道を、ロバのように黙々と進む姿には自然と頭が下がる。

食後は思い思いの場所に半畳のカーペットを広げての座禅。時には老師様を囲んで写真をとったりの普通の観光客になり、他の参加者と話をしたりのリラックスタイムとなる。

お経は、般若心経をはじめ、ローマ字で書かれたテキストが用意されていて、時々欄外に英語訳がある。

ローマ字で音をたどるのもシンドイので、パスしていると、時々、英語の創作お経（？）

が聞こえて来て当初はビックリ！

何よりも木魚の伴奏で朗々と響き渡るお経の荘厳さに圧倒され、この時ばかりは眠気も雑念も吹っ飛ぶ。

何時間も只座るという、肝心の座禅そのものは、初心者の私にとっては、延々と長い苦痛のみで、雑念を取り去った後の本当の自分などに辿り着けるはずもなく、周りや他の人の観察ばかり……というほぼ予想通りの結果ではあったけれど……。

標高１０００米のキーンタールは暗くなると街燈も殆どなく、星空がまるでプラネタリウム。

アニメで観るような星空が手の届きそうな頭上近くに広がっている。

遠い昔、子供のころに観たきりだった懐かしい空とこんなところで再会した思いで寝る時、カーテンを開けたまま、窓から見える星々を眺めながら就寝。

短い就寝時間ながら熟睡。

私のインド旅行記　2014年2月

ヨーロッパとの中間あたりだから、所要5～6時間のフライト、添乗員付きのラクラク周遊。直前までそう思い込んで、特に何の心の準備も緊張感もなく、ちょっと行ってくるね、という気軽さで臨んだ「煌めきのインド　13の世界遺産大周遊12日間」という名のパック旅行だったが……。

関空から、香港経由でデリー、さらに乗り換えてボンベイという行程で遅れや機内待機時間をいれて15時間余り。空港ごとの厳しいチェックを潜り抜けて最終的に最初のホテルに辿り着いたのは現地時間の早朝4時ごろ。翌朝は6時半のモーニングコールで8時には観光へ出発という初日から超強行軍の旅の幕開けとなった。

往復フライトを別にして優に2000キロという移動距離は本州の北端から九州の最南端にも相当する。それを10日間で、飛行機3回、夜行列車2回、あとはバスで移動したが、自分の読みの甘さを痛切に感じたインドの広大さであった。

驚いたのは後に判明した70歳オーバーという参加者15名の平均年齢！　最高齢85歳（！）の婆様とそのお仲間2人を筆頭に、リタイア夫婦2組、60代後半の大阪のおばちゃん3人組、70代の母親とその息子（例外的に30代？）、それに単独参加のリタイアの男性2人という構成は、どちらかと言えば「四国88か所お遍路の旅」が似つかわしい高齢者集団。しかし、人は外見で判断しては誤るという事もしっかり学習することになるのだから旅は面白い。


さて、第二日目、バスに乗ってインド最大の商業都市ボンベイ観光。あの躍動感溢れるオスカー受賞映画“Slum Dog　Millionaire”の舞台だ。

アラビア海に面してそびえ立つイギリス統治時代の栄光のシンボル、インド門、その後方に林立する高層ビルや目ぬき通りの雰囲気は、巨大なガジュマルの下にうごめく観光客や色鮮やかなサリー姿や物売りや乞食の織り成すごった煮のようなカオスがなければ普通の大都市だ。

朝靄の中、泥水のような海を船で1時間余りの世界遺産エレファンタ島へ。両側にびっしり並んだ土産物屋の呼び込みを振り払いながら山頂までの急な階段を登り、現地ガイドの話を聞きながら石窟寺院群を見物。

巨大な岩をコツコツノミでくり抜いて壮大な神話物語を創造した人達の智慧とエネルギーはどこから来たのか？　神々への畏敬？　涅槃寂静への憧れ？　などと疲れ切った頭でぼんやり考えつつ、階段を下りる途中で一休み。飛行機で貰ったおつまみピーナッツをバッグから取り出し、ペットボトルを開けようと手を放した一瞬の隙に何者かに奪われてしまった！　その素早さに、それまでの眠気が一気に吹き飛ぶ。犯人は頭上で獲物を狙っていた野生のサルだった。ポカンと見上げる私を尻目に木の枝にちょこんと座ってなんとも器用に袋を開けるではないか。まことにお見事！　ブラボー！

猿のみならず、野良牛や野良犬、山羊や羊、豚や鶏、孔雀やアヒルやその他の動物たちが街中の至る所に棲息してヒトと仲良く（?）共存している、国全体が巨大な自然動物園という趣だ。従って排泄物も散乱している。

牛のフンはこねて乾かして燃料にするという究極のリサイクリングが盛んでバスの車窓からよく見られる風景だ。牛は、「お牛様」として雑踏の中、車道や人家の周辺、海や川の水際の至る所で泰然自若としてその存在をアピールしている。

ヒンズー教の聖獣とあって、どんなに道を塞いでも追い払うことなどもってのほか、通り過ぎるのをじっと待つしかない。犬の数も多く道の真ん中で「爆睡中」のところをよく踏んづけそうになった！

町の中は動物に加えてバイクやオート三輪やその他諸々の動く物で常に渋滞。そんな中に結婚式用のパーティーサービスカーが、楽器を満載し人間が鈴なり状態で大音響を響かせ白い歯を見せながら横を走っていた。

正にボリウッド映画そのもの、こちらも手を振ったり、カメラを向けたりして映画の登場人物になる！　まじかに選挙を控えているというその日はガーガーがなりたてる宣伝カーの熱気と騒音が混雑に拍車をかけていた。

道に信号があったかどうか覚えていないが、あったとしても何の役に立つやら。まず第一、牛や犬にどう教える?!　我々が紛れ込んだのはそんな、規律や秩序とは対極の混沌の世界であった。

多くの世界遺産を有し世界中の観光客を招致しながら、対応設備の不潔で貧弱なこと、除菌グッズ、抗菌グッズが生存の必需品とばかりに消費され、ウォッシュレットが常識の国から来た「過保護」な日本民族にはトイレが差し迫った当面の最大の問題だったが、こちらの適応能力も大したものですぐに慣れ、これで世界中恐れる所なし、との自信がついた！

国中がゴミの中にあると言っても過言ではない道路沿いのゴミの山、一晩雨が降ると洪水の後のような排水の劣悪さには誰もが何とかならないかと思う事必至だが　当の彼らはそれを特に不潔だとか不都合だとは認識していないようだから、イライラするだけ損というもの。

いつしか、全ては天の思し召し、お任せしてあるがまま受け入れましょうという心境になっている。こうして一両日もすると自分の中でインド洗礼がジワジワ効いてきた。

公衆衛生のモラルなんて……嗚呼……四日目、プシャワール駅からボパール行きの電車待ちしていた時、反対側の線路に停車中の電車の窓からポイポイ投げられるバナナの皮やゴミの袋や空のペットボトルに驚き呆れたが、もしかしたら線路を流れる川と見立てている？

こちらのプラットホームでは小さな子供にウンチをさせ、ビンにいれた水でこれも線路をめがけて洗い流す親がいたが、誰も何とも思っていない。当然、線路は汚物にまみれ、あたりは悪臭に満ちている。

電車が出てしまうと、その線路を物売りがまるでサーカスのような器用さでヒョイヒョイと屋台ごと両手で掲げてこちら側へ渡ってくる。夜の気温はかなり低くジャケットが必要だが、建物の内外、渡り通路やベンチには布にくるまって寝ているホームレスや野宿者で満員状態。

その中でいつ来るとも保証のないインド時間の電車を待っているとリアリティーのない、異次元に迷い込んだような、映画でも観ているような妙な気分になってくる。やれやれ、この国に生まれなくて良かったと心底思う一方で、彼らの〝生まれたからには何としてでも生き抜くぞ〟という気迫に圧倒されもする。

ボパールに到着すると、真夜中のこの時間にどこからともなく集まってきたポーターたちが現地ガイドを相手に、まるで喧嘩をしているような大声で取引を始め、交渉が成立するや、掻っ攫うようにスーツケースを取り、頭や肩に乗せてスイスイまるで泳ぐように人波をかき分けて進む。

その後姿を見失わないように追いかける私たち。大半は教育もなく（義務教育制度はなく、識字率は7割弱とのこと）貧しく惨めな暮らしにも関わらず、うつ病や自殺は殆どないと聞く。

今日、食べ物にありつけるかという時に先の事など考える余裕はないだろうし「老後」なんて彼らにとっては「来世」のようなものなのだろう。実に「いま・ここ」を生きている！

観光地では例外なく物売りや乞食にまとわりつかれて辟易したが、最後の最後まで諦めず、バスが走りだしているのに、まだ窓を叩いて値段を叫ぶ、この「しつこさ＝一生懸命さ」は感動的ですらある。

走れるほど元気な者ばかりでなく、目をそらしたくなるような不具者や身体障碍者、赤子を抱いた母親や小さな子供の姿に胸を突かれるが、中途半端な旅行者の同情など何の足しにもならないのは言うまでもない。しかし、彼らは一様に目がキラキラして「やる気」充分なのだ！


さて、電車は運よく（！）1時間程遅れて到着。添乗員さんによると1時間や2時間の遅れは普通、運が悪ければ24時間遅れることもあるとのこと。何とか自分のコンパートメントに辿り着いてみると、寝台に先客が寝ているではないか。そいつを追い払い、やれやれ、やっと足を延ばして2時間ほど仮眠したと思ったら、添乗員さんに起こされ、もうじき到着だから降りる準備をせよとの事。

この頃には体内時計は昼も夜もなく心身共にインド的カオス状態になっていて、細切れの寝たり起きたりにもちゃんと対応しているのが我ながら凄い。その日も前日からの長距離の移動と炎天下の世界遺産エロールの石窟寺院を観光、休む間もなく今朝はバスで長距離走行の後、アジャンタの遺跡巡り。

疲労と睡眠不足で頭は朦朧として思考能力ゼロでドアの前に待機すること1時間あまり！　電車はアナウンスなどないので自分の駅が近づく頃に前もって準備しておかないと乗り過ごすからと言う（日本のうんざりするほど多過ぎる車内アナウンスを想像してみよ！）。

もはや呆れる元気もない。もっとお気の毒なのは添乗員さんだ。何しろ責任重大で、全く頭も体も休まる暇は皆無（ではなかろうか）。この悠長、予定は未定の無責任なインドという怪物を相手に15人の烏合の衆である「うるさいお客様」の要望に応え調整し、できるだけ確かな情報をとらえてベストを尽くすという任務を遂行しなければならないのだ。

仕事とはいえ何と大変だろう、と機会のある度に声をかけたが、すっかりベテランで、「もう慣れました！」と明るく屈託がない。

彼女の、多分、経験からくる賢い心理操作作戦は常に最悪の情報を与えておいて、それよりましだった場合に喜べる、というもの。

例えば、お風呂は茶色のお湯が出るから覚悟せよ、シャワーが熱いのは最初のうちだけ、電車は1～2時間遅れて普通。他人の席でもインド人は平気で割り込む　等、等。なので、もしそうであっても失望や苛立ちが少な目になる計算！　本人に確かめた訳ではないが。

結局ホテルに着いたのは夜中1時頃で寝たのは3時頃だったろうか。私は（追加払いで）一人部屋だったが、トイレやバスを共有の3人一部屋の人達は部屋に入ってからもシャワーの温度や順番など、大変だったろうと、特にあの婆様たちの事を考えたのだが……。

翌朝も元気に朝食の席についていらしたから、そのような心配など無用の旅の猛者達でありました。

実はインド旅行の動機の一つが、まだ体力、知力のある今のうちにというものだった私は、彼女たちのパワーを目の当たりにして、まだまだ、メインテナンス次第では20年はいけるという目標を得た気分になる。

時間がたつにつれてグループの交流も深まり、三婆様はじめ、全員が近隣のアジア諸国やシルクロードやアフリカや南米などを「制覇」したベテラン揃いであることが分かって来た。食事の時間は旅のエピソードや情報交換のひと時となり、連日連夜のうんざりするほどのカレー料理攻めもそれ程気にならずにすんだ。何よりも旅先で一人食事する程侘しくつまらないことはないという思いの自分にとって実に〝旅は道連れ〟……の想いもひとしお。

七日目、エロチックな男女交歓モチーフのレリーフで有名なカジュラホのヒンズー教寺院では、建造物群の隙間を埋め尽くす夥しい質量の圧倒的エネルギーに朝からすっかり打ちのめされる！

午後、いよいよインドの奥座敷ベナレスへ。空港からバスで町の中心付近に向かうが、その渋滞、混雑の凄まじさはインドを凝縮したエキスのような聞きしに勝るスケールだ。

バス通行不能で途中から降りて徒歩で行進。

これがここの日常の光景との事に頭がクラクラ。混沌の渦の中、15人がはぐれないよう一塊になって何とか川の近くへ辿り着く。いずこも見渡す限り人、人、人の海。川も見物客の船がぎっしり埋まってゆらゆら浮かんでいる。

階段を下りきったところに、いくつもの舞台が並び、音楽に合わせて幻想的なヒンズーの礼拝が始まっている。毎晩7時から開催されるこの儀式は、厳粛な祈りというより和やかな村祭りに近い印象で、人々の表情も夜の灯りの下で緩んでいるように見えた。

そんな中をカメラ片手に右往左往し、牛のフンを踏んづけてピョンピョン飛び跳ねている私の目の前にフンドシ姿の老人が立ちはだかって何かブツブツ言っている。

掲げ持ったプレートの「赤の絵具」を見せるや？　いう表情の私の額にさっと塗って「頂戴」の手を出す。瞬時に事の次第を理解して10ルピー（20円）のお布施をすると丁寧に拝み手をして次の人に進んで行った。

その日、夕食のメインの終わる頃、添乗員さんが、私の前にキャンドルの乗ったケーキを出して"Happy Birthday"の合唱となったのは、嬉しいサプライズ！　本人は旅行の慌ただしさの中、誕生日などすっかり忘れていたけれど……。

今時の旅行社はこんな粋な計らいをするんだと感心し、そうそう、夕食前には20円分のヒンズー教の祝福を受けたことも思い出して、いつになくホンワカ気分で、翌朝の4時半のモーニングコールに備えて早々に就寝となった異例の誕生日となった。

早朝5時半、町はさすがに前夜の熱狂は静まって空気もひんやりとしている。船着き場からボートに乗ってガンジス川のご来光を見るという朝飯前のエクスカーションだ。川の畔には裸で沐浴をする人、サリーのまま水に入って口や顔を清める人、それぞれの世界に浸ってそれぞれの祈りに余念がなさそうだ。

何を祈っているのだろう、彼らにとっての「幸せ」とは何なのだろうか……などとツラツラ思いながら川を下っていくと話に聞いていた「焼き場」から煙が立ち上っているのが見えてきた。

うず高く積まれた丸太の山の辺りの踊り場にはチラホラ「遺族」らしき人々の姿があり彼らの永遠の生命への信仰が伝わってくるような厳粛なひと時。反対側からはお日様も姿を現して人の世の営みを温かく見守るがごとく。しかし現実に戻って眺める川は沐浴どころか指一本入れたくない汚い川だ。少し離れた水際では「洗濯屋」が石を洗濯板にして積み上げた洗濯物と格闘中だったが、あんな水で洗って意味がある？　いや、汚れを落とすというより、この聖なるガンガーの水で浄めていると解釈する方が正しいのかもしれない。その向こうに「久美子の家」と壁に書かれた埃っぽい民宿が見えた。こんな所に住むようになったどんな経緯、葛藤や歓びがあったのだろう　etc etc…とりとめない思いも川のように流れていく。

八日目。ベナレスを後に空路デリーへ。格調高いヨーロッパ風の端正な首都の佇まいに目を瞠る。凱旋門から大統領官邸に至るモール、周囲の官公庁関連の建物、様々なモニュメントが広大な緑の中に配置されている外観は、直前のベナレスと同じ国とは信じ難い別世界の印象だ。

九日目、午後、デリーから北インドの牧草地帯をバスで南下すること5時間余のタージマハルの門前町アグラへ。見慣れた居住地区の猥雑さを抜けていくと、目指す白亜のドームが忽然とあたりを払う清涼感を帯びて立ち現れ思わず歓声が上がる。〝掃き溜めに鶴〟とは正にこの事！　ヤムナー川のほとりの高台に蒼穹の青のみを背景に屹立する、シンメトリー美の傑作は、帝国が傾いた程の潤沢な資金を注ぎ、全国から貴石を集め、職人を召集して、20年余の歳月をかけて完成した世界一美しい「お墓」なのだった。

ムガール帝国5代目の王様が14人の子供を産んで37歳でこの世を去った最愛の王妃を偲び、永遠の愛を誓って建立したタージマハル……というメルヘンチックな愛の物語を近くの劇場で観た。勿論、旅行者向けの単純明快で少々退屈な典型的ボリウッド歌劇ショーだ。ハーレムを有しベッドの相手ならその時の気分次第のより取り見取りでありながら、たった一人だけをこれほどまで？　しかも死んだ後まで？　と半信半疑の眉唾ではあったが、インドでは「愛」や「結婚」は今日でも最高の人気テーマなのだ。映画製作世界一を誇るインド映画は愛と結婚をメインテーマに量産すると聞く。

偶然、最後の宿泊ホテルの庭園で実際の"Monsoon Wedding"（映画2001年）に遭遇。映画のシーンそのもので、ディズニーランドのエレクトリックショーのパレードさながらに一行が門の外から音楽隊の演奏に合わせて入場。麗々しく飾りたてた白馬に跨って登場した花婿殿は、王冠を載せた王子様のいでたち！　招待客らの色彩鮮やかなサリーに宝石で飾り立てた扮装のド派手さにインドの富裕層の断片を垣間見た気がした。

花嫁の姿をキョロキョロ探したが、聞くと花嫁は夜半、クライマックスで登場との演出も心憎い！　折から雨になり退散したが、雨はカップルには幸運の印だそう。ドカン、ドカンという打ち上げ花火の音が夜半まで聞こえ、一族が夜を徹して新郎新婦の一世一代のイベントを満喫し祝したであろう文字通りのモンスーン・ウエディングを生で観られたのはラッキー！　めでたし、めでたし。

さて、急ぎ足で観てきたインドという国の印象……こちらの価値観の通じない、一筋縄ではいかない多種多様の何でもありの世界。神々も人間も動物も、美しいものも汚いものや醜いものも、古いものも新しいものも、剥き出しの生と死、あらゆるものが渾然一体となった曼荼羅のような……それが悠久の時間の上を複雑な軌道で回っているような……。

あちらこちらに破れや綻びがあっても繕ったり隠したりせず、ありのまま見せてくれ、何でも呑み込んで浄化して彼岸へ運んでくれるガンジス河のような……。それは過酷な自然と何千年という歴史の中から培われた宗教や哲学から生まれた、「人間とは、生命とはこういうもの」というゆるぎない確信であり、「後のことは枝葉末節なんじゃ！」と言っているみたい。

そしてそのようなインドはインドあり続け誰が何と言おうと未来永劫に変わらない気が

する。汚いからちょっとは掃除せよとか、危ないから交通規則を守れ、道の真ん中をノロノロ歩いている牛を何とかしろとか、観光ホテルに泊まるのはツーリストだけだから、たまにはカレー以外のメニューを用意して「おもてなし」をしろ、などと言っても、それは馬(いや、牛!)の耳に念仏ってもの。日本のホテルがイスラムのお客様をお迎えして、コーランに基づいた食事や祈りのスペースを用意したりする事との何という違い!

旅行に出る時、本棚から一冊の薄い文庫本、〝インドで考えたこと〟(堀田善衛)を持参して細切れの時間に読んだ。インド独立7年目の、もう60年以上も前に書かれたエッセーだが人々の生活や村の風景がそれ程変っていないのに驚かされる。

国土も人口も、日本の10倍弱、都市部や工業地帯の外観はその範疇ではないが、それらを呑みこむ広大な国土、綿花畑や菜の花畑の中を走る田舎道に天からいくつもの蝋燭が溶けてきたようなガジュマル並木、その中に点在する世界遺産、そして牛や犬や鳥その他種々の動物のいる光景……つまり大半は彼が見たものと同じだった気がする。

時、おりしもソチ・オリンピックの中盤、日本勢のメダルが期待された女子フィギュアが当初は、一行全員の気がかりだったが、例によって部屋にテレビはあってもゲスト向けに英語の放送を設定して「おもてなし」なんて論外で情報なし。結果、すっかり浮世離れの身であってみれば、オリンピックのメダルなんて些事に思えてくる。ま、それも悪くはない。

娘と二人のニューヨークホリデー　2014年8月4日〜11日

ブラボー！ブラボー！というスタンディングオーベーションの嵐の中で、やっと二人が文句なしに一つのものを心から楽しんだという実感が持てた。それはニューヨーク休暇の四日目の夜、ブロードウェイでミュージカル「Mamma Mia」観劇の終盤だった。

その二日前、人気ナンバーワンと謳われるロングラン「Lion King」を観劇。エルトン・ジョンのあの雄大なテーマ音楽と共に心に刻まれたアニメ映画を、まだ小学生だった娘と一緒に観た時の感動をもう一度、と期待して旅行計画の時から楽しみにしていたけれど……。英語がよく聞き取れないということと昼間の疲れで睡魔に襲われ、横から「起きて」と何度も突つかれ、終了後も、「高いチケットを買ったのに！」と叱られる始末。娘の方はしっかり観ていて、私がついていけるようにと、時々ストーリーの解説をしてくれたのだが……。

観客席は殆どが子供連れの夏休みのイベントという雰囲気で、世界中からの観光客で満席。ニューヨーク人口の七割強というツーリストをターゲットにロングランが成り立つ訳だ。子供向けの「Lion King」にがっかりして、二日後、予定になかった「Mamma Mia」を観に行くという冒頭の流れだった。映画と逐一同じ作りだったので、こちらは言葉の問題もなく、大好きなＡＢＢＡの音楽を生でガンガン聞いて心身リフレッシュし、終盤の観客が総立ちで手拍子というハイテンションにも自然に一体化。

五日目の夜は、日本語のホームページから予約していた「古きよきニューヨーク、チェルシーの"Blue Note"でジャズを」という謳い文句のツアーに参加。舞台に手が届きそうな最前席のテーブルで、日本からの参加者たちと総勢六人でディナーを楽しみながら本場のジャズを堪能。八十代の夫婦もいたグループの中で一番年少の娘は周りからチヤホヤされ注目される。

ここに限らず、二人で行く先々、例えば、ホテルのカウンターで、観光局の窓口で、道で、お店で、相手と目されイニシャティブを取るのは彼女。こちらは「娘に引率される老母」という立ち位置が自然にできあがっている。

娘の頼もしいリーダーぶりは、チューリヒの出国検査を皮切りに、ニューヨークでの入国審査までの面倒くさい内容の問答、空港の外に出てバスに乗りタクシーに乗り継いで市内のホテルへチェックインするまでの全行程で発揮された。

その一週間前に大阪からチューリヒに飛んで、娘と合流し、この夏の最大のイベントとしてこの旅行に備えていた。娘が成人してから、二人だけで一週間もの休暇を過ごすのは初めてだったので、どうなる事かとお互いに内心ハラハラだった。

三年前までスイスで同居をしていた頃も、仲のいい母子とはいえず、よくぶつかっていた間柄だが、この夏に二人でニューヨーク行こう、費用はママ持ちで、と提案すると快く同意して、積極的にネットで検索し、私の二〜三の希望を入れた上でプランを立ててくれたのだった。

さて、「ハーイ」という気安さと笑顔で迎えられたホテルのチェックイン。これこれ、これがアメリカなんだ、とこちらも肩の力が抜ける。空港の入国管理の担当官もトイレの掃除係も同じ、目が合えば気軽に挨拶をしてくる。だからと言っていい加減という訳ではない、いや、逆に、これでもかという位、入国審査は厳しいのも事実だ。テロや麻薬や伝染病対策はヨーロッパとは比べものにならない程、神経質だ。

翌日、まずは乗り降り自由の屋根なし二階バスで市内観光に出発。マンハッタンから自由の女神クルーズ、グラウンドゼロ、ブルックリン橋、ウォールストリート、と終日有名な観光スポット巡りをしてホテルに戻ろうとバスを待つ。

それにしても中々来ないなあと二人で立ったり座ったり、そのうち長蛇の列ができて誰もが何だろう、どうしたのだろうとソワソワし始めた頃、運行会社から連絡があり、一つ前のバスが、正にこれから私たちが向かおうとしたホテルの近くのタイムススクエアで事故を起こして沢山の怪我人が出たとのショッキングなニュース。

夜、テレビでニュース映像をみて、タッチの差であの事故に遭遇した可能性に娘と二人で興奮したのは言うまでもない。

三日目。ニューヨークの象徴、エンパイアステートビルディングへ上る。今はその座を他に譲ったが、長い間、世界一の記録を誇った、ニュース映像や映画でお馴染みのニューヨーク観光の必須アイテムだ。好天に恵まれ展望台からは前日歩き回ったブルックリン橋やハドソン湾に浮かぶ船や自由の女神、反対側にはセントラルパークの緑が一望された。映画や本で親しみ、いつかはと思っていたニューヨークに今立っている!

五番街のティファニーでは、半世紀も前、映画の中でオードリー・ヘップバーンが歩いた舗道やショーウインドーを覗いて感激したが、娘の方は、すぐ近くのアップルショップの方が目玉だ。セントラルパークに面したこのガラス張りの殿堂に行列して入ると中も世界中からの客でごった返していた。ギターを爪弾きながら窓辺で口ずさんだ「ムーンリバー」のノスタルジーなど片鱗もない。そこは情報、情報、情報が最優先のIT世界の中心なのだった。

幸い、その日は娘の親友(ゲイのキャビンアテンダント)が偶々、ニューヨーク勤務の開けの一日フリーで、私たちに付き合ってくれた。普通の観光コースにはない場末のカフェとか、生鮮市場など。彼の案内で素顔のニューヨークを覗いたような気がする。

かの悪名高い地下鉄にも乗ったが、意外や意外、とても清潔で快適。イエロータクシーの何倍もスムーズと言える。映画やニュースで見聞きするのはまるで無法地帯のような地下鉄だったが実際の印象は真逆。

ニューヨーク駅構内ではどういう流れなのか、ウェディングドレスの一行に遭遇してカメラを向けたが、それよりこの金色に輝く宮殿のような中央駅のアメリカの威力、歴史を感じさせる佇まいは圧巻。

個人的には「ティファニー」のストーリー中、ヒロインがシンシン刑務所へいくのに乗車券を買うシーンを思い浮かべ、どの辺りの窓口だったかしら……などと、娘たちから少し離れた場所で夢想する。

若者にとってニューヨークは安いブランドの宝庫だそうで、この機会にとばかりに、あの店ではこれをこの店ではこの品を、と娘が自分用やお土産用や依頼品のリストに従がって歩き回るのにくたびれ、別行動を提案する。

彼らと別れて一人で現代美術館へ。MOMAと愛称で呼ばれるこの美術館は観光の目玉として世界中の客を集める。こじんまりして、観て回るのにそれ程時間は掛からない。モダンアートは何がいいのか分からない。そこで、話のタネにと有名な物を探す。ミロやダリに何の共感も湧かず、そうだ、A・ウォーホールだ！　と目指したが、フーン……という感想。

そうだ、高村薫の本の表紙になったマーク・ロスコーの絵はどうだろう、何か感じるものがあるかも……と探すが、その絵はなく同じような他の絵があった。あれほどの重厚な小説の核の部分だ、作家にインスピレーションを与えた何かを感じるかとしばし観察したけれど、そのような感受性は自分には皆無と悟る。

印象派のモネなら共感がもてるとその長大な壁画をバックに記念撮影。すぐ近くのユニクロのニューヨーク店では前衛アートの草間弥生の水玉模様の製品がショーウィンドーを飾っている。自分で着たいとは思わないが観ている分には楽しい。

再び合流し三人で食事をしながらその日の成果を報告し合う。娘の友人が加わったお蔭で風通しがよくなり会話も弾んだ。それからも、彼女が郊外のアウトレットに行くという日、私はレンタサイクルで、念願のセントラルパークを走り回り、途中でメトロポリタン博物館へ入ったが、ここは一時間や二時間では見られない大きな博物館でその巨大さばかりが印象に残った。自転車でほんのついでにいくところではないと反省。いつかまたゆっくり来よう。

セントラルパークの広大な敷地にはリスや野鳥の群れる深い森があり、湖があり、球戯場や野外コンサート会場やレストラン、そしてアイスクリームやファストフードのスタンドが点在する。

芝生に寝転がる若者、湖畔のあずまやで読書をする人、ベンチで道行く人を眺める老人、乳母車で散歩の若い母親、水辺で戯れる子供たち。その周囲を走る沢山のジョガー。自転車のレーンは周囲を時計の反対周りの一方通行だ。オタオタ逆走なんかすると、すぐに注意の言葉が飛んでくる。思い思いの場所で、それぞれの自由と平和を満喫、という風景の広がる市民の憩いの場だ。


毎朝、まだ寝ている娘を起こさないようそっと着替えをして七番街のホテルから程近いセントラルパークへウォーキングに行くのを日課にしたので、その周辺は限なく散策した。

ある朝、調子に乗り好奇心も手伝ってどんどん森の奥へ。どうせ四角い公園、真っ直ぐ行けばいつかは町中に出ると、たかをくくっていたら……。

歩いても、歩いても予想した地点に辿り着けず、内心焦り始める。七時にホテルを出てから二時間が経とうとしている。九時にホテルに戻って娘と出かけることになっているのに自分がどこにいるのか分からないのだ。ほんの朝飯前の散歩だと、ハンドバッグはおろか携帯も財布も持っていない！　万事休す　嗚呼……

通りすがりの人に聞くと、何と全く反対側をどんどん歩いていたのだ。ここから歩くのは遠いですよ。ホラ、そこにバス停があるでしょ、それに乗って五ブロック直進、その角を右に曲がって云々……と懇切丁寧な説明。

バスに乗って運転手に事情を説明すると、文句も言わずOKと顎をしゃくってタダ乗りを許してくれた！　今度こそ、間違えないように運転手のすぐ近くの席に浅く腰掛けてソワソワしていると、すぐ横で本を読んでいた上品な感じの老婦人が、あなた、そこへは、この道順が早いわよ。大丈夫、私がちゃんと教えてあげる、とわざわざ読んでいた本を閉じて親身になってくれる。なんてみんな親切なんだと感動した旅の一コマ。

モーォ！　ママは時間を守らない。信用できない！　と、怒る娘を想像しながら約束より三十分も遅刻して駆け込んだら、ロビーで例の友人（前出）と談笑している、やれやれ助かった（！）と胸をなで下ろす。

その日は〝3人の休日〟、二人は「本日の行動予定作成」に余念がなさそうでこちらの遅刻など気にもしていない様子。そこで、余裕で迷子のおばさんとニューヨーカー達とのエピソードを披露して一件落着。こんな時は第三者の存在が有難い。

一つの部屋で寝起きするのは親子とはいえ窮屈なもの。一人暮らしが長くなると他人の呼吸さえ気になるのはお互い様だが、「ママのいびきがうるさい」「足音が大きい」「電気が眩しい」だのと思った事を直接、遠慮なしに指摘されるのはシンドイが、ま、それもその場限りの事。こんな事もあと数日でおしまいなのだ。それより、潔癖症気味の彼女がこの先家庭を持って他人と暮らす時のストレスの方が心配だ……親としては。

三年前、夫の急逝という事態に直面してそれまでの生活全般の見直し、縮小という人生の仮決算とも言うべき怒涛のような日々の中、三十三年住んだスイスを離れて兄や姉のいる大阪に居を移すことに決めたが、そこに一抹の後ろめたさがなきにしもあらずではあった。とうに成人しているとはいえ、父親を亡くしたばかりなのに母親もさっさと遠くへ行くなんて……という。

しかしそれは無用の老婆心であったとすぐに判明。子供たちは親が考える以上に大人で積極的に私の決定に協力してサポートしてくれ、連絡もそれまで以上に蜜になり週末は低価のテレビ電話で細かい報告をしてくれる。こちらからも何だかんだと必要以上にメールをし、より強い絆を、と、夏は一緒に過ごせるようにその努力をする。その点ではこうして離れて暮らすのもいい。物理的な距離は今のところ問題はない。娘との密着したニューヨークの休暇は改めてそんな思いを強くしたのだった。

息子と屋久島へ　2014年11月

11月17日、朝。台湾から飛んで来た息子と伊丹空港で夏以来3か月ぶりの再会。休暇で香港から台湾在住の友人を訪ねた後、スイスへ帰る前の数日をどこかでママと過ごしたいが、どこへ行きたいか、云々は事前にいろいろ話し合っていた。

航空会社社員の「空席待ち」の特典を活かして……が条件で行き先は屋久島と決定。時間を節約するため、その足で再び南へUターンの恰好でまずは鹿児島へ飛ぶ。

翌朝、鹿児島湾の南埠頭から始発のトッピーロケットという可愛い名称の高速船で屋久島へ渡る。

屋久島は故郷の徳之島からそう遠くはないのに、航路が違うので、近くて遠い島、世界遺産の島としてポピュラーなのにわざわざ行くには遠い、と思いつつチャンスがあれば行ってみたい島だったので有難く嬉しいオファー。

さて、宮之浦港には昼前に到着。直前、鹿児島でインターネットで予約した、「港から一番近い」民宿に到着。

パソコンをいじっての面倒な予約や時間など面倒な事を、当然の如く、「善きに計らえ」とばかり息子に丸投げ。この数年、すっかり忘れていた昔の（何でも夫にお任せ）感覚を取戻した脳は休暇モード全開！　こんな風に甘えられるのも今だけだから、と自分に言い訳しつつ。

荷物を預けて、簡単なハイキング装備に着替えると早速ウォーミングアップに、4時間程のファミリー向けと書かれた初級コースの白谷雲水峡ハイキングへ出発。

その結果次第で10時間を要する翌日の「縄文杉ハイキング」を決行か否か決めようという事になった。

バスで山道を一時間余り上がった地点がコースの入口になっていて、入場料が要る。窓口辺りには観光客がたむろしていて、特に外人観光客が目立つ。

早速、息子はアメリカのロスから来たという黒人と話している。その後ろには若いロシア人と思しきカップルがいたが、ぺったんこの町用の靴を見て、こんなので大丈夫？　と気になったり。

トイレはここしかないというので、ちょっと離れたそこへ行ってみると、雀がさえずっているような楽しげな「韓国人おばちゃん団体」で満員状態。

やはり「世界遺産」というブランドは威力があると感心することしきり。

聞けば彼女たちはハイキングはオミットして、バスで次の地点に移る、云わば、スタンプラリー的な行程だそうだが、こんな山しかないところでハイキングをしなければ一体何をするのだろう。

島には広告が全くないのが印象的で、さすがは「神々の島」だと感心したが、一番の「繁華街」という宮之浦でもあの寂れよう、どんなアトラクションがあるのだろう……などと要らぬ心配をしながら、コースのスタートラインに着いた。

「一か月に35日は雨」という多雨の島、その雨があっての屋久島の自然と聞いていたし、ガイドブックにも強調されていたので、何となく蒸し暑い亜熱帯のジャングルを想像していたら山の空気はひんやり引き締まっていて、じっとしていると寒気が肌を刺してくる。

ハイキングには必需品のペットボトルの水がここでは持参しなくてもＯＫというのがとても気に入る。

渓谷の水は素晴らしいミネラルウォーターで、道々何度も手ですくって飲んだ。野生のサルやシカはどこ？　と探したが……、作物を荒らされないよう、森を出た人里にはあちらこちらに金網の柵が張り巡らされていたが、姿を見かけたのはバスの窓から一度だけだった。

10日もすればシーズンオフの冬の到来というタイミングだが、絵はがきそのままの抜けるような青空の下で、洋上アルプスという異名の通り海上に屹立する連峰の雄姿は白波の立つはるか下方の海がなければ、スイスのアルプスを眺望するような錯覚を覚える。

さて、「ファミリー向け」とガイドブックにあった雲水峡半日コースは、とても険しくて、ファミリーがのんびりベビーカーを押して登るようなコースでは決してないし、雨だからと言って傘をさせるような道では絶対ない！（とは後で分かった）

必ず両手はフリーにしておいて、あちらこちら掴りながら、という箇所が至る所にあるのだ。

こんなにお天気がいい日でも、木の根っこや苔むした岩はすべりやすい。実際、コースの折り返し点付近、あの「もののけ姫」のシーンに出てくる辺りの苔の岩がゴロゴロの渓流付近で、しっかりハイキング装備をした60代と思しきアメリカ人の老婦人が滑って尻もちついたのを、偶々、おにぎり休憩をしていて目撃した。

連れへの「大丈夫よ」という声が聞こえたが、この急峻な山道、また降りなくてはならず大変だな、お互いに、と先が思いやられた。

富士山と同様、世界遺産で有名になり、内外から沢山の観光客で賑わうのは結構な事だけれど、「もののけ姫」の神秘的な精霊の世界を求めてやってくるのはない物ねだりというもの。

それでも、まるで芸術作品のような姿形をした巨大な屋久杉群はじめ数百種類と言われる苔、そこに覆いかぶさるような太古のままの、深い森の木々の織り成す大自然の壮大なタペストリーの中に心静かに身を委ねていると畏れ多くも畏くも神様は確かに御座すという気がしてくる。

今年は、日本列島は異常気象に翻弄された年という印象が焼付いた報道の凄さだったが、ちょっと思いつくだけで8月の広島の土砂災害のニュース、9月には京都はじめ、西日本の豪雨災害、続く御嶽山の噴火のあのショッキングな映像は凄すぎて、まるでベスビオスが噴火して逃げ惑うポンペイ市民のCG映像を思わせたがその興奮もさめないうちの阿蘇山の噴火。

さらに台風18号、19号の猛威、最近では長野県白馬の地震に肝を冷やすという自然災害のオンパレード。怒り狂った神々の前でちっぽけな人間はオロオロという図が見える。

この屋久島でも3月の集中豪雨被害の修復工事中だった。

山の斜面をコンクリートで固めたり、山道を広げたりと懸命に頑張っているが、もしも、この山が土砂崩れになったら……などと思うと怖いね……と息子。

ま、その時はその時、運を天に任すほかない。そんなこと気にしていてはこの日本では暮らしてはいけない……と私。

帰路、快晴の海と空の間、再び高速船の乗客になって鹿児島湾にくっきり浮かぶ桜島の雄姿をカメラに収めながらその美しさと背中合わせの脅威を思う。

下船して市内へと歩く歩道脇に切れ目なく小さく積もった火山灰がその現実を物語って

いる。

それにしても昨夜のあの小さなお店のお寿司は最高に美味しかったね。釣ったばかりだと言うあの魚の御造りの歯ごたえは良かったね、自然は脅威であるが、それ以上に恵みでもある……と、語らいながら帰途についた息子との短い旅だった。

南米周遊ツアー　2015年2月

高層ビルの立ち並ぶモダンな市街地、その亜熱帯樹の並木道をバスで一時間程走った所に、このオアシスのような国立ラルコ博物館はあった。それは、出発前後の慌ただしさと時差ボケの疲労の真っ只中のツアー三日目の昼下がり、現地ガイドの説明を聞きながら陳列された、細々とした生活必需品や織物や祭礼品や絵の前に立つと、土着のインディオの宗教が征服者のキリスト教に上書き（浸潤？）されて行った歴史がぼんやりと浮かんでは消えた、時間の止まったようなひととき。

「自由にどうぞ」と、置いてある紙コップの水を飲みながら中庭へ出た。建物の外壁に覆いかぶさるように生い茂るブーゲンビリヤ、2mはある細長いシダのカーテンが回廊の上からぶら下がり、強烈な真夏の日差しの下で濃い影を作っている。そんな緑深い庭の片隅でまどろんでいると、いつの間にかアンリ・ルソーの絵の中にでも紛れ込んだような、現実感が遠のいていく。嗚呼、こんなに遠くまで来たのだ。

伊丹から羽田、羽田で東京や富山、関西各地から集まった参加者16人（年齢は55歳～78歳、平均年齢が70歳強の主にリタイヤ夫婦ということが後から判明）と合流して10時間のフライトでロスに一泊、さらに翌日、8時間半のフライトの末に真夏のペルーの首都リマに辿り着く。

その日も朝から盛り沢山のメニューで、先ずはあのフジモリ大統領も住んでいた（まだ収監中）大統領官邸や大聖堂前の広場を中心とした世界遺産の旧市街を歩きまわる。リマのガイドは日本で子供時代を過ごしたというまだ30代のピチピチギャル風のステファニーが、ペルー入門編として、生活一般について、日本との違いについて、自身の体験に基づいたエピソードを披露してウォーミングアップ。緑に囲まれたテラスレストランでは名物の地鶏の丸焼きとフライドポテトがメインのランチ。食事は一般的に量が多く、セットメニューは常に食べきれない量だ。見渡すと地元の人も北米に負けず劣らずメタボが多い印象で食糧事情は豊かそう。お奨めだった個別注文の紫トウモロコシのジュースは他の参加者には好評だったが、何だか薬草っぽく私にはイマイチの味。

一体、誰が何のために描いたのかは未だに謎のナスカの地上絵群、一見、子供のいたずら書きのような動物や宇宙人の絵、縦横に走る幾筋のも直線、幾何学模様の訳の分からなさ、規模の広大さにおいて、もしかして、UFO？　との説に一票！　と、自分の中の「未知との遭遇」にワクワクだったが……。

四日目、セスナ機のショーのようなアクロバット飛行に気分が悪くなって、見物どころではなくなり、30分の遊覧飛行中、プラスチックの袋を口に当て座席にうずくまっていたト・ホ・ホな現実との遭遇でありました。それでも何とか目だけは見開いていたものの、上空からは思ったより小さく見え、説明がなければ見逃してしまいそうで、ドドーンと迫るインパクトはなく「フーン」って感じだったが……。

五日目、インカ帝国の首都クスコへはリマ（海岸）から飛行機で一挙に標高3050mに移動したせいで、空気の薄さがしっかり体感された。高山病予防にと半信半疑で持参していた「食べる酸素」（数か月前のこのツアーの説明会で貰っていた）を舐めつつ深呼吸をしながら炎天下の古都をゆっくり歩いたけれど、何の効き目もなく、脳みそがブヨブヨ、何だか型を外した豆腐みたいな心もとない気分になってきた。マッターホルンでもユングフラウヨッホでも何ともなかった、絶対ＯＫ！　と自信があったのに……。

ディナーの席では全く食欲がなく、こめかみを押さえていたら、偶々同じテーブルだった薬剤師さんが、頭痛薬を分けてくれた。実は彼女は昼間が最悪で、クスコの見物はパスして、ランチ予定のレストランで横になっていたそうで、誰もが大なり小なりの不具合はあったようだ。その晩は薬を飲んで早めに就寝したら、翌朝にはすっかり体調は回復していた。

迫りくる「万丈の山、千尋の谷」を右に左に見ながら、つづらおりの細道を村からバスで上がった終点が謎の天空都市、マチュピチュへの入口だ。六日目の朝、すでに長蛇の列をなしていた観光客に連なる。入場パスを受け取り、現地ガイドのオスカーを先頭に最後尾は日本人添乗員さんが守る形で一行は遊歩道を進む。

よくもこんな急峻な山のてっぺんにこんな不思議な「市」だか「城塞」だか「神殿」だか（未だに不明だそう）を作ったものだ……と支配者の力を思い、民の太陽神への絶対的信仰を思いながら、無数の段々畑の階段を登る。

絶壁の細い遊歩道には手摺やガードはない。足を踏み外せば奈落の底へ真っ逆様のインカ道、はるか下方に蛇行するアマゾン川の源流ウルバンバ川を俯瞰し、峰々の彼方の無窮の空を仰げば、正に今、地球の上に立っているという雄大な気分に成れる！　ＷＡＯ！

そういえば、以前、スピリチュアリズムに熱中していた頃に読んだ、ハリウッド女優、シャーリー・マクレーンのベストセラー、「アウト・オン・ア・リム」の中に出てくるパワースポットもこの谷のどこか、だったことを思い出した。この満員電車のような観光客なしで、満月の夜にここに立てば、確かに、UFOとの交信や、幽体離脱の話があながち荒唐無稽とは思わないかも。

文字を持たないインカ文明は未解明の部分が多く、それゆえに想像を掻き立てる余地が大きくロマンチックなのだ。それにしてもこれほど壮大な帝国（ペルー、ボリビア、エクアドル、アルゼンチンにまたがる領土、人口1600万）がスペインの征服者（たった180人！）によってあっという間に滅ぼされてしまったなんて！　前日クスコのレストランで、生で聴いたフォークローレの哀調を帯びた調べは、そんな儚いインディオの歴史のDNAから滲み出たものだったのだろうか……。

夕食までの2時間弱の自由時間、商店街のあちらこちらで看板を見かけた「石のマッサージ」を受けてみたく、オスカーの知り合いのサロンに一時間30ドルで予約してもらう。メインから一つ入った路地の簡素なサロンの受付には、まだ中学生くらいにしか見えないシャイで無口な女の子（もしかしたらもっと年上？）と、さらに年下の男の子だけ！

エーッ、大丈夫？　と予約してしまった事を半分後悔しつつ……。

カーテンで仕切っただけの薄暗い部屋にはかすかなアロマの匂いが漂っている、清潔そうで悪くはない……と自分に言い聞かせつつ、脱衣してマッサージ台にうつ伏せて待つこと10分余り。中々取り掛かる様子がなく説明もないので10分は30分に感じられて、思わず、ハロー！、ハロー！と苛立ちのあまり大きな声で呼ぶと慌てた様子もなく出てきたが、待たせてごめんなさいも何もない！　いつ、始めるの？　あまり時間は無いんだけど……と半ば気色ばんで思いを伝えると、ただ一言、「ワンアワー・ＯＫ？」とこちらに念を押す。こんな中学生に満足のいくマッサージができるんだろうか、とうつ伏せで台の穴から床を見ていると、彼女の両足がその合図とともに消えた！

ビックリしている私の背中に馬乗り状の体重総動員のマッサージが始動したのだ。それは驚くほど力強く、確かな手応えながら、時に包み込むように優しく、後半からはオーブンで温めた平たい小石を何個も使ってジンワリと細胞の隅々までリセットされた至福のムダもムラもない完璧なワンアワーとなったのでした。人は見かけで判断してはいけないという教訓。

七日目、オリャンタイタンボ行きの高原列車の車窓からは桃源郷もかくやという柔らかく、うららかな水彩画のような景色が続く。単線の線路で何のアナウンスもないまま長い間立ち往生、そのうち、何だ、どうしたんだ、と周りがザワザワし始めた。体を乗り出して前方を見ると背の高いユーカリの木が折れて線路を塞いでいる。村のおじさん達が特に慌てた様子でもなく、のこぎりや鉈で取り除く作業をしている。日本からの添乗員さんは情報集めで落ち着かない様子だったが、ま、ごく普通のことですよ、そのうち動くよ、と慌てず騒がずの現地ガイドのオスカー。

ペルーで一番多いインディオとスペイン系の混血、40歳だという彼の日本語はリマのステファニーや後で登場するブラジル日系3世のキムラさんと比べると下手でワンフレーズで外人だとわかる日本語だったが、それだけに一生懸命な彼の話は3人の中で一番面白かった。偶々向い合せの4人掛け席で、待っている間も周りの質問を受けて、歴史や社会問題、教育事情などを面白おかしく話してくれた。

そんな中をワゴン車がやってきて料金に含まれた飲み物やお摘みを配って行く。タイムテーブルはあってないようなもの。こんな時が全く何の責任も心配もないツアー客のメリットだ。線路と並行して流れるウルバンバ川が、この先数千キロのアマゾン川の悠久の流れとなっていく様を想像しながら、オスカーに倣って泰然自若の構えになる。

山頂に万年雪を頂いた連峰を背景にこの天窓付きの観光列車の走る絵はスイスアルプスのそれとよく似ている……が、どこかが違う……何だろう？　と観察した結果、それは裾野の亜熱帯植物——ユーカリ、リュウゼツラン、ヤシ、サボテンやススキ、苔や寄生植物がクリスマスツリーの飾りのように枝にぶら下がる川沿いの木々だった。そのミスマッチなちぐはぐ感を「エキゾチック」と呼べばいいのだろうか。


列車の終点からバスに乗り継いで標高4000mのてっぺんの村へ。一家が経営する土産物屋へ入って行くと、幼い男の子とお下げ髪の少女が民族衣装で「おしぼり」ならぬ、アルコールのスプレー除菌という形で我々一人ひとりを迎えてくれた。中庭の陽だまりには犬や猫が寝そべり、隅の小さな檻の中には食用のモルモットが飼われている。柵の向こうには馬小屋も見える。一行はベンチに座ってコカ茶を頂きながら、店のおかみさん達の実演による、アルパカやリャマや羊の毛が糸になり毛織物が出来る行程を見物。土間に窯や土瓶を広げての原始的な方法だが、毛糸の束が手品を見ているように鮮やかに染色されていく。

実演の後は早速、売り場に山と積まれた毛織物製品や民芸品のお土産コーナーへという流れだったが、それをやり過ごして私が中庭で猫や姉弟の写真を撮っていると、他の人も次々に集まってしばし和気藹々の写真撮影タイム。こんな形で子供たちも立派に家業を支えている！

民族衣装や民芸品の明るく華やかな色あい。民族衣装は被り物とセットで野良仕事をしながら、物売りをしながら普段着として着用されている。それは女達の日焼けした肌によく似合っていて絵になる。向こうもそれを承知で観光客の多い場所では、カメラを向けるとモデル料を要求されることも。一般的に低身長で、スカートの中に浮き輪でも入れているのかと思う位、腰周りはがっしりと力強く大地に踏ん張っている感じだ。それが素朴な埴輪を連想させ、年齢に関係なく親しみがあって可愛い！

高地に順応するために長い時間をかけて低身長になり肺活量も普通より30％多い現在の体型になったという……それが訳もなくあのフォークローレとシンクロして切ない。

八日目、いよいよツアーのクライマックス、イグアスの滝を目指して空路ブラジルへ。ホテルへ向かうバスの中、日系3世のキムラ氏の流暢な日本語でブラジル事情を聴く。夕方チェックインした高台の、国境の川の畔に立つホテルの庭からの夕焼けが巨大なキャンバスの絵のようだと、カメラを向けていると、治安は悪いので、決して川の方へは近寄るな、視界の中の川に浮かぶ船は麻薬運搬の可能性大です、との足元の厳しい現実への注意喚起であった。

翌朝、イグアスの滝を、先ずは空からヘリコプターで見物。初めてのヘリ体験だったが、ナスカのセスナ機に比べて快適な乗り心地。あっという間に宙に浮き上がり10分程の遊覧飛行で観た世界の3大瀑布の印象は、見渡す限りの樹海の中にあって思った程のインパクトはなかった。しかし、午後、徒歩の至近距離から大音響の中で見上げた、その名も「悪魔の喉笛」というスポットの物凄さには度肝を抜かれた！

その昔、同じ場所に立ったルーズベルト大統領夫人が「嗚呼、私のナイアガラが可哀相……」とコメントした逸話は有名だそう。

滝はアルゼンチンと7対3の割合で国境を接しているが、観光産業を巡っては、単純明快、一目瞭然という訳には行かないらしく、その結果、それぞれのパンフレットに相手国側の情報を明記しない……などという観光客にとってはウンザリな、子供のケンカのような舞台裏のゴタゴタが見え隠れする。この壮大な自然の前にして何という人間の卑小さよ！

夕食の後、一行はラテンショーを観に行く。大陸の反対側のリオのカーニバルの余波が寄せる中、800人は収容できる大ホールは満員ですでに祭りの熱気に包まれていた。そういえば、同じホテルに、カーニバルを先に見物してきたという別の日本人ツアーの人達がいたが、カーニバルがメインだとこの週しかないのだ、などとその混雑ぶりを分析しているうち賑やかにショーは開幕。

世界中からの観光客相手に、エネルギー全開の司会者の汗が飛んでくるようなかぶりつきのテーブルに収まり、それぞれのドリンクを傾けながら次から次へと披露される南米各地の民族音楽と踊りを見物。合間で、ピエロのコントあり、手品あり、トークあり、即興で観客を舞台に登場させたり、逆に客席へ繰り出したりという目まぐるしさ。

踊り子たちのこれでもかという派手な衣装にハイヒール、お尻は殆ど丸出しの肉体美を誇示しながら場は絶頂へと盛り上がり、サンバのリズムの興奮を残してあっという間に終盤へ。その一瞬たりとも気を逸らせない見事な演出はさすがカーニバルの本場！　何だか長い間冬眠中だったいくつかの脳細胞がびっくりして目を覚ました感じで全員が、しばらくは一様にハイの状態！（笑）

翌日は国境の橋を渡ってアルゼンチン側からイグアスへ迫る。オープンの遊覧列車で滝の入口まで行き、さらに徒歩で2キロ程の、飛沫で濡れる見物台から見る大小300もの滝の流れ落ちる様はどこを切り取っても絵になる！　ブラジル側の悪魔の喉笛とはまた少し違う印象だ。川の中に作られた遊歩道から見るコーヒー牛乳色の浅い流れの中にはナマズが泳ぎ、亀が甲羅干しをしている。この遊歩道は増水の度に流されるので、その度に川下で集めては修復、現在の物も2ヵ月前にできたばかりだそう。流れの中に低木が見えるのはその分水嵩が増えたということで水中植物ではないとの事。叢には色鮮やかな蝶々やトンボが飛び交いゴキブリ大の黒アリが動き回っている。足元では人馴れしたアナグマの一家が観光客から餌をねだっているという巨大な自然動物園なのだ。ランチの後は、アルゼンチン、ブラジル、パラグアイの3国の国境地点で記念撮影をして、ツアーのプログラムは無事終了。

帰路、リマ空港で記念にと、フォークローレのCD2枚組、素朴な模様入りのマラカスとオレンジ色ベースの民芸品の小銭入れやその他の日用品を買う。

エピローグ。先日、リマで買ったコーヒーを淹れ、ペルー産のチョコレートをつまみながら何となく観たテレビ番組「世界ふしぎ発見」がマチュピチュをテーマにしていて思わず引き込まれた。

　１００年前、マチュピチュの遺跡を発見した米国人探検家は有名でどのガイドブックにも載っているが、実はそれ以前、明治時代に日本から移民として渡った日系人の、村での活躍は知られていない。私たちの現地ガイドも何一つ言及していなかったのは、未だに歴史として認知されていないない？

　いずれにしても、この福島県出身の「ノウチヨキチ」という彼の地のパイオニア的人物についての様々な足跡、功績を掘り起こすレポルタージュに、日本人はなんと素晴らしいんだ！　と、とても誇らしい気持ちになり、一日も早く世界中のガイドブックに紹介されるべきだ！　と叫んだ事を追記しておきます（因みにYouTubeにて番組の再生可能）。

ザ・レジデンスの貴婦人　２０１５年６月25日

朝から大雨でどうなることかと気をもんだのだが、目的地に着く頃にはすっかり晴れて、雨傘が日傘に早変わりという不安定な梅雨の日曜日、友人のK子さんと、JR大阪から神戸の先の垂水という駅で下車。

駅前からリムジンバスに乗り継いで海岸沿いに立つ「ザ・レジデンス＊＊＊」という高級有料老人ホームに、知り合ったばかりの90歳のTさんを訪ねた。世話好きのK子さんが、３人のスケジュールを見ながら、電話や手紙で「再会」の下準備をしてくれた。

その5週間前、神戸のポートピアホテルで開催された「櫻井よしこ講演会」にK子さんと二人で参加の折、駅からピストン運行していた送迎バスの補助席で彼女がその方と隣り合わせたのがそもそものきっかけ。

そうでなくても、彼女は見ず知らずの人と、ごく自然に会話のできる、コミュニケーション能力の達人、（自称、大阪のオバちゃんパワー絶大！）。

その彼女が、一人で参加というその方の一種独特の高貴な雰囲気に魅了されて、即、インタビューとなったのは当然の成り行き（笑）！


白いベレー帽と同じ白の大きなテーラーカラーの内側には細い金のネックレス、紺色のワンピースの胸もとには長い真珠のネックレス、肘までの半袖の先の腕にはレースの腕飾りがさり気なく巻いてある。

手入れの行き届いたマニキュアの指、シミやシワの殆ど無い白い肌に思わず、純粋の日本人ですか、と聞いてしまった程。

今時、ドラマでもなければめったにお目に掛かれない大正ロマン（？）なシックな着こなしで、それがスラッと細身で上背のある体躯にしっとり馴染んでいて、これが私の日常、そんな風に暮らしているのですよ、一朝一夕に醸し出せる雰囲気ではないのですよ、という感じなのです。

会場のホテルに到着すると、講演会の始まる前にやっておきたい事があるというTさんに付いてレセプションへ。

この夏、今住んでいる部屋が改装工事に入る。ついてはこのホテルで6週間程の長期滞在を検討中というので、候補の部屋を二つほど見せてもらうことになり、私たちも付き人よろしく、ボーイに案内されて、見晴しのいい最上階の部屋を見て回ったのでした。

こうなると、〝物はついで、旅は道づれ世は情け〟とばかりに好奇心に任せて、事の成り行きを無責任に楽しむ心境に。

さらに、今日の主な目的は主催者へ「寄付」の申し出をする事というTさんとランチを一緒にする約束をして、一旦別れる。

すでに行列の始まっていた受付けで、彼女は奥の方へ案内され、私たちはランチテーブルの整理券の列に並ぶ。

結局、寄付の件は講演の後ということになったとTさんはほどなくして戻って来た。

ランチの席に落ち着いて改めて、お互いの簡単な自己紹介や、ここに来た経緯そして、櫻井よしこの本や活動、人柄について、フルコースのフレンチ料理に赤ワインを傾けながらのお喋りは御年90歳が何のハンディも感じさせないツーカーのテンポ！　細い体に似合わない健啖ぶりで、前菜用のフランスパン、二切れ目をボーイに所望し、メインのステーキも完食。

K子さんが「夫が糖尿病で、お料理が大変なのよ……」と言うと、「私ももう50年来の糖尿病よ。でも何でも好きなものを食べるの、それが一番。脳梗塞も二度ほどして死にかけたけど、生き返ってこの通りよ」と仰る。

その話題に合わせて私が、最近〝医者に殺されないための心得〟という本を読んだわ、著者は自身も医者のナントカって人……と著者の名前を思い出そうとしていると、「私も読みましたよ。近藤誠でしょ」と間髪を入れず、K子さんが目下読書中と話題にした曾野綾子の新刊エッセーへの当意即妙のコメントにも私たちは脱帽！　最敬礼！　で、本命の「櫻井よしこ」そっちのけでTさんに熱中（笑）したランチタイムでした。

講演会終了後、案内係りに付き添われて「寄付＋面会」で奥の控室に消えた彼女にその顛末を聞こうとラウンジで三〇分程待ったが、中々出て来ない、諦めてリムジンに乗ろうと並んでいると、目の前を、櫻井よしこさんを載せたタクシーが走り過ぎた。

てっきり、Tさんも用事を済ませて、別のタクシーで帰ったものだと思っていたら、意外にもリムジン乗り場の列の後ろに並んでいた！

この頃から既に「旧知の仲」になった私たち、駅でお茶しませんかと、彼女の方が誘ってくれたものの、今度は糖尿病の夫の食事時間が迫っているK子さんが、時間がなくて路上でアドレス交換をして再会を約束。

2週間後、K子さんから3人で写した写真が送られてきた。お礼の電話を入れると、Tさんにも送ったら、すぐに丁寧な達筆のお手紙と、櫻井さんとのツーショット写真（コピー）その上に、ご主人のために、と「糖尿病」の本が同封されていたのよ、と興奮気味。

一度、ホームを見物がてら遊びにいらっしゃい、ランチに招待しますと書かれているので、Tさんがホテル長期滞在で不在になる前に行こう……というこの長いプロローグが本文の冒頭に繋がります。

さて、約束の11時半に到着して、受付でTさんに面会希望を告げると、思いがけず前夜、急病になり救急で隣接の病院に運ばれた由、今は部屋で安静中とのこと。

私たちの来訪もスタッフは掌握していて、ランチの後、本人の代わりに施設を案内する手はずになっていた。

Ｋ子さんが受け付けの電話で本人と直接、話したが、とても弱弱しい声で食事どころではないので面会は諦める。

でもランチはレジデンスのレストランで予約してあるので、お二人で食べて行ってと仰るのでそれに甘えることにした。


落ち着いたヨーロッパ調インテリアのレストランに案内される。ランチにはまだ間があるせいか人気がなく外光のみの館内は、静物画そのものだ。

反射的に飛び込んでくる窓ガラスの向こうの、一瞬、息をのむまばゆい光景は一枚の巨大な水彩画というコントラストの妙。

その、天を衝く海峡大橋の橋桁から対岸に流れる遠近法の流線は、柔和な水彩画のアクセントとなって全体を引き締めている。

白砂の海岸を、ときおりジョガーや自転車が通り過ぎる。水際に張られた小さな白いテント、釣り人らしき人影、泳ぐには少し早い初夏の陽射し。あと数週間もすれば海水浴客の賑わいにとって代わるであろう風景を堪能。

ランチはメインが青魚、豆腐、ハンバーグの3つのセットメニューから選べる。私たちは青魚にした。

高価そうなお皿に上品に盛り付けてはあるが、高齢者向けとあって量は少な目。Tさんが、「それ程利用していない」と言っていたのを思い出した。

カロリーや栄養バランスを考慮した健康食ではあるけれど、確かに彼女には質素で物足りないかもと納得。

食べ終わる頃には、入居者を訪ねてきた子供連れの家族、夫婦者、そして「お一人様」がポツンポツンとテーブルは半分ほど埋まっていたが、広すぎるせいか「閑散」という印象が残る。

食後、スタッフに案内されて館内を見学。駅から到着した時、明るい太陽の下で見た薄いレンガ色のゆるい曲線形の低層（5階建て）の建物と、それを飾る棕櫚や色とりどりのエントランスホール前の花壇の雰囲気が南欧のリゾートホテルに来たような錯覚を覚えたのだが、内側もここが日本であることを一瞬忘れる空間だ。

入居者が提供したという様々な絵の掛かかる広い廊下の壁、その内側には、ピアノバー、プール、カラオケ、スポーツジム、ピンポン、囲碁や将棋、お茶やお花のお稽古部屋、図書室、パソコン、エステ、美容室、保健室、陶芸教室、クリニック、そして映画上映室と、何でも備わっている。

ここから一歩も出ずとも一応の文化的生活は可能……という謳い文句通りである。何でもある、唯一、無いのは生活感、活気と言える。

その気になれば何でも楽しめそうな贅沢な趣味の部屋の数々に誰一人、設備を利用する人は見えず閑古鳥が鳴いている。

しかも節電のため、どこも薄暗い。「日曜日は特別なんですか」、と聞いてみると、「いつもこんな風に静かなんです」とのこと。ウーム……。

Tさんの超豪華であろう個室をまだ見ていないが——そして、彼女が子供のいない未亡人という事くらいしか知らないし、その心の内を何一つ話した訳ではないが——、あの中でじっとしていられなくてあちらこちらへ一人で出かける、と言っていた理由が少し分かった気がした。

神戸で会った時、「方々のお寺や神社に参拝して寄付をするのよ」と、手提げ袋に無造作に放り込まれていた「領収書」（多額の）の束を見せてくれたのだった。

それを私たちは単純に彼女の余生の〝お楽しみ〟とばかり捉え、そんな奇特な人を身近に発見して、ミーハーに盛り上がっていたが、それはちょっと違うかもと反省。


その翌週も同じホテルへ「北川景子ショー」を観に行く。三ノ宮へはよく出かけるとも言っていた。

それもタクシーではなく、リムジンから電車に乗り換え、複雑な駅の階段を上り下りして！　意図的に自らストレスを作りだす。

適度のストレスは普通、脳の活性化にはとても効果的と分かっていても人は安易な方を選びがちなもの……年をとればとるほどその傾向は強くなるものなのに。

90歳の今もTさんは色々工夫をし、たゆまぬ努力をされているのだと感心することひとしきり。

長期滞在の部屋探しの件で、私がこれはいい思いつき、とばかりに、同じ出費なら、豪華客船で世界一周は？　楽だし、何の心配もいらないし、と提案した時、即、あれは籠の鳥みたいでつまらないものよ。それに、もう二回もやっている。私はダンスをしないから退屈なだけと却下されたことを思い出した。

高価な物に囲まれ、贅沢三昧の環境の中で暮らしているにしても……、否、そうであればあるほど、忍び寄る孤独の影は如何ともしがたいのかも……と、あの贅を凝らした数々の趣味の部屋に淀むひんやりした空気の成分を分析しながら「老い」と直面した昼下がり。

レジデンスを辞して、徒歩10分程の隣接の「アウトレット」へ行ってみた。中に一歩足を踏み入れるや、何だか異次元の世界にやってきた感じなのだ。

こんな不便な所（と私には思えた）が子供連れの若い客で賑わっていて、音楽や喧噪の醸し出すムンムンとした「活気」が渦巻いている！

夢から覚めて現実世界の住人に戻った私たち。「欲しかったブランドのトレーニングシューズがこんなに安い！」と嬉々としているK子さんと「老い」はまだ少し先のようね。

それはオイオイ、考えよう……と結論した二人のコーヒータイム。

続　ザ・レジデンスの貴婦人――再会　2015年11月24日

あー来た、来た、いち早くその姿をキャッチしたKが大きく手を降る。約束の時間より10分早く到着した我々が建物の正面入り口のエスカレーターで移動しながらあたりをキョロキョロしていた時だ。

言われた先を見ても繁華街の通行人の中で私にはさっぱり見分けがつかない。

ホラ、あそこ、今日も相変わらずシックな装い！

と、早々に一人で感嘆の声を発するK。同行数人の塊が三々五々にほぐれて、こちらに向かって歩いてくる姿に、私は数テンポ遅れてようやく気が付いた。目深に被った濃紺の中折れハットに細いサングラス、巨大な揚羽蝶を思わせる紺絣の和風仕立てのポンチョをヒラヒラさせているのに。

近づいてみれば、ライトブルーのとっくりセーター、足にピッタリの細いブルージーンズ（！）の組み合わせ、サファイアブルーの石をあしらったモダンなデザインの指輪が白い指にしっくり納まっている。

今日のテーマは「青」と見た（因みに前回は「白」）。

こちらよと、先頭を歩く姿は、まるで「婦人画報」のグラビアから出てきた「白洲正子」という雰囲気。「粋」そのもの。


約束の時間きっかりに現れたかの「レジデンスの貴婦人」との半年ぶりの再会の瞬間だ。前回は約束当日に急病になり、それを気にして穴埋めを、と言いつつ、紆余曲折の末が昨日の三ノ宮国際会館でのランチ、という次第だった。


11階のレストランに落ち着いて和風会席料理を味わいながらお互いの「あれから」を喋る。病気をしたり、仮住まいへの小さな引っ越しで大変だったという割には以前にも増して活発な印象で話題は多義に及ぶ。

夏の小倉でのホテル滞在は、食事が何よりも素晴らしかった、レジデンスの環境は素晴らしいけれど、食事がダメ、何回も改善を訴えているのによくならないのよ、あれは病人食よ、つまらない……だから美味しい物を食べるのに、こうして毎週送迎バスで三ノ宮に出てくる。

この賑やかな通りを歩いて人々を眺めるだけでもエネルギーをもらえる。いくつかの行きつけのレストランで食事をした後は、大丸で買い物をしたり、この上の映画館へ行ったり……と言って、食後、最上階の映画館や屋上ガーデンも案内してくれた。

昨日は招待されて宝塚劇場でお芝居を観た。芝居は大したことがなかったけれど、後半レヴューのラインダンスは素晴らしく、感動したわ、あの足の並びは凄い……と言うのを受けて、私が観た、究極のラインダンスはアイリッシュのラインダンスよ、とコメントすると、「本当に！　私も観ました！　あれは最高！」と、目を輝かす！

90歳でその意欲と健康、本当に凄い、と我々が異口同音に言えば、健康じゃないですよ。心臓にはペースメーカーが入っているし、糖尿病はあるし、肝臓も腎臓も悪い、脳梗塞も何度かしている。

でも、ホラ、こうして生きているでしょ。できる限り行きたい所へ行って、美味しいワインを飲んで食べたいものを美味しく頂く。そして死ぬときは死ぬ、と、明明白白。

もう一つ、淋しさというか、物足りなさは、話し相手の無さだという……やはり想像した通り。

レジデンスというコミュニティには、相当数の居住者がいて、偶々同席の機会があっても、話題といえば小さな身辺の雑事や自分に体験のない世話的なもので、興味が持てないし、心から楽しめない。

二十歳で見合い結婚をしたものの、3年余りで夫が戦死、それからは独身で、子供もいない。紆余曲折の中、定年まで有名な企業の幹部として部下を指揮し世界中を周った。寂しいから結婚したいとは一度も思ったことがない。

そのために手放す「自由」の代償は甚大だ！　と。

連れ合いを無くして「鬱」になったり、独りでいるのに耐えられない、というので面白くもない相手とくっついたり、というのは「自立」していない証拠、と熱く語る貴婦人、結局、自分の最良の伴侶は本だ、と、レジデンスにいる時は老眼の上にさらに拡大鏡をかけて日がな一日読書三昧だという。

こんな90歳と対応できる住人がどこにいる？　彼女の方が異色なのだ。

そんな訳で貴女たちのような「若い」人と交流できのはとても嬉しい、脳細胞の活性化に繋がると仰る。

還暦をとうに過ぎた我々も90歳の前では「若者」かもしれないが、問題は戸籍上の数字ではなく脳年齢なのだ。

彼女の年齢を凌駕した、滲み出るような品格や美しさは美容院やエステで得られるものではない、確かにそういう努力も大切ではあるが。

何はともあれ、あんな風に年齢を重ねて行けたら長寿もめでたいね。お手本だね、と、口々に言いながら帰りのリモジンに乗り込む彼女を見送った。

イタリア・ヴェローナ　2015年8月20～22日

アレーナ・ディ・ヴェローナでオペラを鑑賞しようと、8月20日、早朝（7時35分）、滞在先のチューリヒから空路1時間でヴェニスに到着。空港からリムジンで国鉄駅へ移動し、窓口に並び、電車に乗り換え昼頃にヴェローナ中央駅に到着。空席待ちだったフライトも含めてここまでは何とか順調だった。

気がかりだったのは城塞に囲まれた典型的な中世都市の中心部が鉄道の駅からかなり外れている点。ネットで予約した、アレーナ近くのホテルのアドレスメモを片手にあちらこちらで聞きながら、ホームページに書かれていた道順に従って市内行きのバス11番に乗車。すぐだろうと思っていたのに、中々目指す停留所に着かない、運転手に確認すると、「大丈夫、着いたら言ってやるから」と請け負うが……。30分余りも走った頃「ここだ」と言われて降りたのは、他の乗客はすでに全員降りてしまっていた終点だった。

時刻は1時半、かんかん照りの小さな公園前の停留所には人っ子ひとりいない。これは完全に間違えたな、と直感しながら、しかし、プリントアウトしたホテルの案内には間違いなくこの停留所が記されているのだ。一体どういう事！　と憤慨しても仕方がない。スーツケースを引っぱり、汗をふきふき、広場前のケバブの店に入る。ランチタイムはとうに過ぎて閑散とした店内に客は年配のおばちゃんが一人だけ、ガラス壁際のスツールに腰かけて、新聞を読みながら、セットメニューらしきフライドポテトをつまんでいる。カウンター越しに店の（トルコ人？）兄さんに、町の中心広場に行きたいが、どう行けばいいのか、とメモに書かれた広場を告げる。たどたどしい英語で、今来たバスで戻れと言う。エーッ、そんなはずはないと、メモの説明を繰り返していると、オバちゃんもどれどれと話に入って来た。

メモを見ながら、スマホで検索するが、使い慣れていないらしく、何度も入れ直しては、おかしいとか、電池が足りないとか、つぶやきながら奮闘してくれる。このような機器に関してはこちらも似たようなレベルなので、その気持ちはとてもよく分かると内心、感謝しつつ見守っていると、やおら意を決したように、ポテトを食べていた手をナプキンで拭き、立ち上がってトレイを片づけるや、「貴女、時間はあるの？　もし30分待ってくれたら、私が車で送って行ってあげる。2時に戻って来るからここで待ってて」と言うや、バタバタと店の前に停めてあった小さなフィアットでどこかへ行ってしまった！

お腹も空いていたので、テーブルに落ち着いて、ケバブとコーラを注文して、とにかく30分待つことにした。食べ終わった頃、ケバブ店のお兄さんがこちらに合図をするので、ガラス越しに外をみると、本当に彼女が戻ってきた！　急いで荷物を押して外にでると、車から降りてきた彼女が、説明もそこそこ、私の荷物をどっこいしょと後部座席に積み込んだ！　事の成り行きに驚きつつも、このイタリアのノンナ（おばあちゃん）の行動力やホスピタリティを楽しむ気分になってきた。小柄で上品、ビスコンティの映画の中のシルバーナ・マンガーノを思わせる外見ながら、やることは、ソフィア・ローレンがマストロヤンニを相手に演じる明るく、肝っ玉の太いイタリア女と言った雰囲気なのだ。

バスで来た道を走りながら、私がチューリヒから来た、と言うと、単語を並べるだけのたどたどしい英語で「オー、ズリコー（＝チューリヒ）、私は、ドイツ語、3つだけ知ってる。「Guten Morgen, Guten Tag, Guten Abend」（＝お早う、こんにちは、こんばんは）。そこで、私もイタリア語3つだけ言えるよ、「アモーレ！　マンジャーレ！　カンターレ！」（＝愛して、食べて、歌って）と返すと、アハハと笑いながら、それはとても大事な3つよ、と、すっかり意気投合！

　さらに、明日はオペラ「ロミオとジュリエット」を観に行く、そのためにヴェローナに来た、と言うと、自分もオペラは大好きだ、両親の影響で小さい時からよく観に行った。「ロミオとジュリエット」もいいが、自分の好みは「トゥーランドット」よ。「アイーダ」も素晴らしい……などと、迷子になって送り届けて貰っている立場をすっかり忘れて、二人の東西のオバちゃんが車の中で盛り上がった（笑）！


　あっという間にホテルの通りに着いて、道路脇に駐車して荷物を下してくれた。車代を渡そうとしたが、受け取ってくれない。代わりに、「グラーツェ！」を繰り返しながらがっしりハグすると、頬っぺたにキスのお返し。警戒して、もしくは面倒で、関わりを避けても当然の状況で、この市井の人の何という素敵な心意気！　これぞ本物の、お・も・て・な・し……そこに成熟した文化を感じてすっかりヴェローナが気に入った次第だ。残念ながら彼女の写真を取り損ねた。ケバブ店のお兄さんは写したのに、ノンナとはそんな暇が皆無だったのだ。

　結論。バスで逆方向に走っていたことが後から判明したが、その失敗のお蔭で忘れられない旅のエピソードとなった。

アレーナから一番近いという謳い文句が決め手で予約したホテルへチェックイン。すでにインターネットで支払済の2泊の宿泊費（270E）はオペラのチケット（180E）を大きく上回る額だったが、これは仕方がない……公演が終わるのが夜11時なのだ。全く知り合いのない一人旅の身にとっては不可欠の安全と安心料として。

午後3時、ホテルとは目と鼻の先のアレーナ広場（Piazza・Bra）から市内を巡回している乗り降り自由の屋根なし2階観光バスに乗る。初めての町に来ると、まずは、これで町の匂いや雰囲気を肌で感じてみる。「地図が読めない女」部類の自分には大まかな土地勘を掴むのにうってつけ。明確な目的などなくても乗っているうちにできてくる。気になるスポットで下車して、土産物屋を覗いたり、狭い石畳の路地でウインドーショッピングをしたり、疲れてカフェで一休みしたら又、次のバスで移動する。24時間有効なので急ぐことはない。

足の向くまま……で、最初に降りたのはご当地観光名所ナンバーワンの、「ジュリエットの家」のあるPiazza Erbe。ヴェローナは、言うまでもなくシェイクスピア悲劇「ロミオとジュリエット」の舞台となった地だ。元々、イタリア人によって書かれた物語をシェイクスピアがリメイク……というバスの音声ガイドの説明だ。

そのロミオとジュリエットが愛を語ったとされるバルコニーが広場から一つ入った袋小路の奥に見える。蔦に覆われた何の変哲もない小さなバルコニーを見上げる路地は観光客でごった返している。家は展示館になっていて、入場料を払うと2階のバルコニーへも上がれる。舞台の上のヒロイン、ヒーロー気分で若者たちがカメラに向かってピースサインをしている。階下の一際込み合っている土産物店の入口に目を移すと、渦中にジュリエットの等身大のブロンズ像が立っている。胸の部分に触ると恋が成就するというので無数の手で撫でられて黒光り！

そのジュリエット様宛として世界中から「恋愛相談」の手紙が届く。それに対してジュリエットから親身なアドヴァイスが返信される……という、以前観たドラマの断片を思い出したが、今も実際にここで市民ヴォランティアによる「縁結び」の活動が展開されているという。なんて粋な「アモーレ」イタリア！

再びバスに乗り、ゴミゴミした町中を後にして、川沿いを走り、小高い丘の頂上の城塞跡の展望テラスから蛇行するアディジェ川に囲まれたヴェローナ市を一望。調和のとれた美しい「世界遺産」の町をカメラに収めた後、アレーナ広場に戻って明日の夜のオペラ鑑賞の下準備をと、入り口や時間などを確認しながら周辺を散策。

町のほぼ中心に建つこの円形競技場は2千年余の時を経てなお、ほぼ完全な姿だという。外壁の2階建てのアーチ型の連なりは壮観だ。周囲にはレストランが軒を連ね広場まで拡張して、世界中からの観光客で賑わっている。アーチ前の回廊ではユニフォーム姿の若者がその夜のオペラ「セビリアの理髪師」の宣伝とビラ配り、警備員らしき人員もチラホラ見えるが、二、三人で世間話中？　という和やかな雰囲気が漂っている。広場の一角には、巨大な模型ピラミッドやエジプトのファラオの置物が無造作に積まれている。多分、これから、日替わりで上演される「アイーダ」か「ナブッコ」の舞台装置だろう。アミのようなもので覆っているが、返って目立っている。

広場のレストランで、ピザとキアンティ（赤ワイン）の「お一人様」ディナー。道行く人を眺めていると退屈はしない。どこへ行っても最近は中国人観光客だらけだが、ここは例外のようだ。珍しく日本人のグループにも会わなかった。ヴェローナはイタリアのメインストリームから外れているのが理由かも。北から入るとミラノ、フィレンツェからローマというのが普通で、ちょっと余裕があると、ここを通過して東のヴェニスというルートをとる。注意していると、聞こえるのはイタリア語以外ではドイツ語系が一番多い気がした。

翌日はブランチの後、昨日の続きの市内観光。今日は各時代の色々なスタイルの教会や修道院を見学。教会は華麗な美術館そのもの、壁を埋め尽くす絵画や壁画、彫刻と、どこを切り取ってもずっしりと歴史を感じさせる。初めのうちはパンフレットでフォローしてみようと頑張るが、すぐにギブアップ。あまりに盛り沢山で専門家でもオタクでもない一旅行者にはシンドイ。

夜8時。オペラ「ロミオとジュリエット」の上演に合わせてアレーナの内側へ。昼間は観光の途中、思いがけず雨になったので心配だったが、夕方には晴れて胸をなで下ろしたのだった。何しろ野外なのでお天気は運を天に任すしかない。義妹はバスツアーで二度来たが、一度は雨でキャンセルになったとぼやいていた。

開幕まで時間がたっぷりなので、座席を確認した後、準備中のオーケストラ席や舞台装置を見物して回る。楕円形の長径が139m、短径が110m、見上げるような階段席は最大で25000席とパンフレットにある。実際には正面部分は舞台になるので、16000席という巨大なすり鉢状の舞台の音響効果や如何に。ボチボチ埋まり始めた客席にパンフレットやアイスクリーム売りが呼び声と共に回ってくる。舞台近くの前方にはワインやシャンペンを手にしたイヴニングドレス姿もあり、ツアーグループの華やかなパーティー気分も盛り上がっている。見上げると頭上に満天の星空、空気は冷んやり涼しい。アイスクリームよりも毛布がどんどん売れているようだ!

カーディガンを羽織って舞台を見守っていると何だか通路がザワザワして何かが始まったような気配。振り向くと、オリンピックの開会式よろしく放射状の通路から松明を掲げた入場行進にまず度肝を抜かれる。いつの間にか始まった静かな音楽に合わせて、ざっと100人はいる群像が舞台に現れ、ショーは始まった。

席は割と舞台に近かったが、それでも何もかもがあまりにも大きすぎて、顔の表情など詳細は不明。ストーリーは一応分かっているつもり……と、もうかれこれ40年以上も前に観た、ゼッフレリ監督の映画とイメージを重ねてみる。全てイタリア語?なので、意味ははなから諦め、目と耳で想像逞しくしてみる。衣装であぁ、あれがジュリエット、これがロミオと判別……　それも見まがいようのない、「バルコニー」のシーンだから分かったという謎解きのような……。その上、年季の入った歌手たち結構太目で、ジュリエットは白いロングドレスと顔がよく見えないので、何とかイメージを保持できたが、中年のロミオは、映画のあの17歳のロミオのシャープな体躯とは程遠く、バルコニーへの階段を上がる時にハラハラさせられた（笑）。

結局、野外オペラとはその巨大な舞台に合わせた大掛かりな装置や人海作戦であっと言わせる演出が肝なのだろう……。印象強烈だった舞台上方のCGを駆使した音と光の演出など、観光地で時々お目にかかるものだ。もしかしたら、この舞台では「アイーダ」を観るべきかもしれない。このアレーナの舞台にジュリエットのバルコニーは小さすぎ！　そうだ、ここにはナイル川やピラミッドやスフィンクスやラクダを置いてこそ生きてくる。それを満天の星空の下で眺めつつ悠久の時空を旅するのは夢がある！

私にとっては、「話のタネ」に一度は観ておきたい、程度に留まったオペラ「ロミオとジュリエット」。やはり、映画のリアリズムや躍動感とは比べられない。映画とオペラは別物なのだ。音楽も印象は薄い……　とここまで書いて、恥ずかしながら誰が作曲したのか知らずにいたことに気づき、もしかしてプッチーニ？　と予想しつつネットで検索すると、グノーだそう（汗）。

ギリシャ危機に思う——カヴァラから　2015年7月5日

(1)

　このところ、ギリシャのニュースを聞かない日はない、国が破産すれば一体どうなるのだろう、銀行のＡＴＭに行列する不安な表情の年金者たち、どこにこの不満をぶつけたらいいのやら、という怒りと諦め綯い交ぜの市民団体、これ以上我慢できない、何とかしてくれ、と今にも不満が噴出という若者の群れ、etc, etc… 背景にはシャッターの降りた銀行や商店街というニュース映像、それに対して専門家や当事者でも先が読めないという解説がより一層の不安を煽っている。

　そんな中で、どんな不安な毎日を過ごしているのだろう、と、久しぶりに北ギリシャのカヴァラという町に住むシルモに電話を入れる（カヴァラはギリシャ第二の都市テッサロニキから東へ150キロ、人口約6万の小さな港町……後で詳述)。
「ハロー……」と一言、電話が繋がるや「オー！　ミィヨォコォ！　How are you!」というといつもの元気な声が飛び込んで来た。

先ずはその声に一安心し、こちらのメディアは連日ギリシャのニュースでもちきり、デフォルトだと騒いでいるので、どうしているかと心配になったんだけど、そちらの方はOKなの？　と尋ねると、

ニュース映像はアテネのものでしょ、ここはそれ程の騒ぎでもないのよ。今の所、何とかキャッシュは足りているし、食糧も田舎だから、いざとなれば自給自足で何とかなるでしょ。でもこれ以上の緊縮生活には「ノー」を表明するつもりよ。

家族はそれぞれ元気で頑張っているが、状況は厳しい。建築家の夫は自分の事務所を構えてはいるが、仕事は殆どない。近くに住む長女(30歳)は経済学部を卒業はしたものの、未だにちゃんとした就職先がなく、単発のバイトで凌いでいる、次女(28歳)は建築学科

を卒業して父親の事務所を手伝っていたが、今は奨学金を貰ってイギリスに留学中。

（因みに彼女は、プライベートの英語教師）と、相変わらず鉄砲のような早口で喋った後

電話ありがとう！　昨日はロンドンのグリザルダ（共通の知人）からも電話があったのよ。こんなに世界中（笑）で心配してくれているなんて！　とても嬉しい！　それより、貴女の方こそどうなの？　そちらの生活は満足？　家族は近くにいるの？　と逆にこちらの様子を知りたがる余裕に、やれやれ。

週明けの国民投票の結果がどうであれ、先行きの心配がない訳ではない、良し悪しはさておき、まさかこのヨーロッパ文明の源がつぶれる訳がないでしょ、という、絶対的自信に支えられているようだ。

良かったー、パニックにでもなっていたら、何と言えばいいのか、電話をする前にちょっと予習をしたものの……答は見つからないままだったのだ。

⑵

彼女とはロンドンの語学学校で知り合って以来、かれこれ40年に及ぶ〝クリスマスカード友〟として、細く長くのお付き合いをしてきた。

ギリシャ人気質の典型のような、情に厚く律儀で筆まめな彼女のクリスマスカードが、毎年12月の声を聞くと一番先に届く。ギリギリになってそのお礼返信をする……というパターンの。

内容は他愛のない、簡単なその年その年の出来事や子供達の成長の記録だが、こんなに長く続いたのは一重に彼女の労に負うところ大と言える。

もし一度でも彼女発のクリスマス第一便が途切れていたら、これ幸いに「自然消滅」として処理していたであろう不誠実な私！　英語が面倒というのが最大のネックだったが……。

そんな中、6年前の12月、「今年はクリスマスカードは止めて、電話にした。昔と比べるとタダみたいに安いんだもの、手っ取り早いし！」と、シルモが笑いながら近況を喋りまくったのだが、その時、私が進退窮まる問題を抱えて、一緒に笑うどころでない感じを察し、「今すぐ、そっちに行こうか？　それともこっちに飛んで来て！」とまるで家族同然とばかりに真剣に心配してくれるのには驚き、慰められたものだ。

勿論、そんな訳にはいかず、とりあえず、夏頃に遊びにいくからね、ということになったのだが、その後も3日とおかず電話が掛かってきた。

その情の厚さは相手が迷惑しているとかそんなこと一切斟酌なし！　心配してくれる気持ちは有難いものの、英語で（しかも電話で）複雑な状況を説明するのが億劫だったり、想いを100％伝えられないもどかしさが嫌で、その番号表示を見ると出なかったこともしばしばだった、ト・ホ・ホ・な、私。

昨今のギリシャ危機の報道に、そんなやりとりなど思い出しながら、何はともあれ、英語の壁がどうであれ、まずはTake action!　という次第でした。

(3)

半年後の6月21日、正午、テッサロニキ空港に降り立つ。格安航空便の、早朝チューリヒ発ベルリン経由で3時間。

どんよりと肌寒いグレーのベルリンから抜けるようなコバルトブルーの真夏の地中海へと景色は一転する。

前日、シルモから電話で指示された通り、市内行きのバス78番乗り場へ。

いざ乗車という時、小銭の用意がなく困ったなと思ったとたん、運転席のすぐ後ろに座っていた現地人からの助け舟！ 同じフライトにいた初老の夫婦だった。両替をしてくれ、ここに座れと自分たちの荷物を片方によけてくれる。

バスはどんどん走るが、中々、目指す市内のバスターミナルに到着しない（気がした）ので、間違えたのではと次第に心配になり、ガイドブックを出してゴソゴソしていると、「どこまで行くの？」と奥さんの方がドイツ語で聞いてきた。

行き先を告げると、自分たちもそこに行くから大丈夫、心配しないで付いていらっしゃい、と、何とも有難いガイドの出現だ！

それをきっかけに会話をしたところ、ベルリンに出稼ぎ暮らしで何十年にもなる、毎年この時期には故郷のカヴァラへ帰省する、それが一番の楽しみで生きがいという夫婦のべルリンでの生活が目に浮かぶようだった。

ご主人の方は始終、ニコニコしているが、ドイツ語は苦手らしく、スポークスマンは専ら奥さんの方だ。

市内のターミナルに到着し、長距離バスを待っている間も、トイレへ行くのに荷物番をしてくれたり。

席をたったご主人、どこかへ行ったと思ったら、キオスクで飲み物を買って来て、当然のように私にも渡してくれる。お金を渡そうとするが受け取ってくれない！


2時間余りのバスの旅を、私は彼らのすぐ後ろの席で、すっかりリラックスしてウトウトまどろみながら35年前（1975）に想いを馳せていた。

そう！　この道はいつか来た道……あの時はクリスマス休暇にロンドンからアテネに飛んで、二日程観光した後、一日がかりの長距離バスで（先に帰省していた）シルモの待つカヴァラを目指して北上したルートの最終部分（約6分の1）だ。

そうだった、あの時は、延々と連なるオリンポスの山々もいい加減、見飽きて、早く目的地に到着したい一心だった。

体の疲れもさることながら、走行中、ガンガン掛かっていたギリシャ音楽に脳ミソはブヨブヨの崩壊寸前（！）だったこと、人の気も知らず、合わせて陽気に口ずさんでいたゾルバ系運転手にうんざり、だったこと等を思い出した。

それに比べると、今回は程よい距離の快適なバスの旅だ。何よりも走行中まるでつがいの小鳥のさえずりを聞いているようなこの夫婦の途切れることのないお喋りが、耳に心地よかった。

向こうに着いたら、あれをしようね、これもしようね、親戚のあの娘の結婚話は……あそこの爺さんの病気見舞いは……なんて話しているだろうか……ギリシャ語なのでさっぱりだが、癒し系ご主人の風貌によくマッチした、小川のせせらぎのような喋り口に、しっかり者の奥さんのコメント風応答のハーモニーがまるでＢＧＭなのだ。

それにしても夫婦でこんなに話が尽きないとはなんて幸せな人達！　その幸せのお裾分けのような、ギリシャ到着早々で受けた、嬉しい〝お接待〟でありました。

(4)

夕方、無事、カヴァラへ到着。トランクから出された荷物を受け取り、ご夫婦にお礼とお別れをしていると、人込みの中に見覚えのある顔がこちらに向かって大きく手を振っている。

ショートカットの小顔は昔のままだが、一瞬、声を呑んだのは、その体重80キロは軽くオーバーの〝肝っ玉かあさん〟体形！

元来、歳は私より5つも下なのに、気持ちの上では何となく「おっかさん」という雰囲気だったところに、更に拍車がかかって、ますます「おっかさん」度はアップしていたという次第だ。

勿論、体形の変化はお互い様で、出産後、10キロ余り太った私を見て相手も内心驚いたことであろう……30年の間に付いてしまった脂肪というマントをまとった私に！

それはさておき、ワーワーワーと賑やかにハグの挨拶、思いがけず一緒に出迎えてくれたパノス（ご主人）と握手。

彼とは二人が1982年に新婚旅行でチューリヒに立ち寄った時に会っているが、この夫婦もご多聞に漏れず、奥さんの方が対外的スポークスマン、英語は挨拶程度なので、直接話した事は殆どない。

彼女の〝劇的ビフォーアフター〟に比べて、彼の方はそれ程変わっていないのも意外だった……それなりに年齢を重ねてはいるにしても。

二人は幼馴染みの同い年、パノスは同世代の同国人と比べて、明らかにすっきりと背が高く髪の毛もフサフサのイケメン風をキープしている！

一般的に、南欧では中年を過ぎると、その生活習慣（あまり働かない＝多分、仕事がない、日がな一日カフェで男同志たむろしている）、食生活（オリーブ油をドバドバ何にでもかける、甘いデザートをしっかり食べる等など）の積み重ねの結果、例外なくメタボなのに。

その上、彼はギリシャのカフェや町中、どこでも見かけるゾルバ系（労務者風）おっさんではなく、きちんとスーツを着こなすインテリ系なのだ！　一体どんな時間が二人の上を流れたのだろうか、という思いが脳裡を掠めた28年ぶりの再会でありました。

(5)

翌朝、7時、シルモ宅の3階のゲストルームで目が覚める。階下は静まりかえっているのでそのまま本を読んだり日記を書いたりして待機。

カーテンを開けると山々に囲まれた港の光景が飛び込んでくる。その海岸に向かって白壁の家々が山の斜面に張り付くように裾広がりに並んでいる。

因みに、村上春樹が3年の南欧滞在で書いた旅のエッセー「遠い太鼓」という本の中の「雨のカヴァラ」の項で次のように描写している。

「僕は神戸で育ったせいで、こういう地形の場所にくると、なんとなくほっとする。港があって、それを取り囲むようにダウンタウンがあって、それからすぐに山の斜面がはじまり、家々が港を見下ろすように山の上まで並んでいる……そういう場所だ。海と山の間の距離が狭ければ狭いほどいい」と。

あのミリオンセラー「ノルウェーの森」を書いた直後の1987年の秋に、夫婦で数日滞在している。勿論、今も当時も、カヴァラには震災復興後の神戸のような近代高層ビル群はないが……。

狭いつづらおりの坂道の途中に立つこのシルモたちの一戸建ては勿論、建築家のパノス自身の手によるものだ。

何年も昔のクリスマスカードに誇らしく書かれていたことを思い出した。まだギリシャも景気の良かった頃だ。

一見、間口は小さく、他と似たりよったりだが、一歩中に入ると、天井の高い広々としたリビングは吹き抜けの中2階と繋がっている。

壁一面に絵や置物、本が並び、隅にはアップライトピアノが置いてある。一階がガレージ、2階はリビングとキッチン、そしてバーベキュー窯のある大きなバルコニー、3階にはこじんまりした寝室3つと浴室という見た目と機能性を考慮した中々の邸宅だ。でも、二人の娘たちが成人して出て行った後は、だだっ広いばかりで面倒なのよ、週一でお掃除の人が来るにしても、維持が大変……と、昨夜は、半ばため息まじりのコメントだったが……。

9時近くにシルモがやっと起き出した気配でリビングへ降りて行く。お早う。よく眠れた？　という挨拶に答ながら、一緒にキッチンに立つ。

パノスはすでに出勤したらしく明るいバルコニーのテーブルに二人分のテーブルセットがされている。コーヒーの香りの漂うキッチンで今日のスケジュールを話し合う。

昨夜は彼女の簡単な手料理とワインを頂きながら、パノスが途中で席を外した後も女同士で遅くまで喋ったのだった。

お蔭で錆びついて使用不能だった私の「英語」も感覚を取り戻し始めた。そう、言葉は道具、使わないと錆びるのだ！


フォルクスワーゲンを運転して坂道を10分も降りるともう町の中心の駐車場に到着。まず、役所へ出向いてシルモのお母さん（近くに息子＝シルモの弟と暮らす90歳）の年金受け取り、銀行の窓口で振り込みを済ませ、現金を引き出し……という具合に彼女の日常にお付き合いしながら町の中心部を歩き回る。


昨日は、太った！という再会の第一印象ばかりが強烈だったが、キビキビした動作で用事を片づけて行く姿にすっかり認識を改める。

〝民生員のおばさん〟よろしく、町で出会う顔見知りたちに「あなたの事を気にかけていますよ」という笑顔で、「カリメーラ！（こんにちは）」「カリメーラ！」と声をかけて行く。

時には立ち止まって「どうしてる？　元気？」「あなたは？」とハグをして忙しく近況を喋り合う、という調子で。

まあ、一般的にギリシャ人は、特に女性はよく喋る。そんな環境で、水を得た魚のような彼女の姿を目の当たりにして腑に落ちた事がある。

以前、（1982年）彼らが新婚旅行でチューリヒに寄ったとき、スイス人と結婚して3年目の、ろくに言葉も分からない遠い異国に暮らす私に同情して、自分には絶対無理、故国、それも生まれ育った町以外で暮らすなんて……と言ったのだが、逆にあまりホームシックに縁のないデラシネな私には的外れに思えたものだ。

あれは彼女の存在の根幹からでた感想だったのだろう……そんな遠い昔のやりとりが一瞬脳裡を横切ったカヴァラの朝だった。

用事の合間に役所勤めの親類や友人の職場を覗いてまわる。その職場（役所）の人々はノーネクタイのラフな服装でコーヒーを片手にのんびり、言うなれば、人生を楽しむ傍らに仕事もしているという余裕が感じられた。

あくせく汗水たらして働くなんて……というギリシャ人気質は、冬など暗いうちからキチンと時間を守って働くドイツ人にしてみれば正に「アリとキリギリス」で腹に据えかねるのだろう。

分かる、分かる！　今にして思えば、当時（２０１０年）すでに第一次ギリシャ危機は叫ばれていたようだが、無知な私の耳には届かず、ギリシャ市民のシルモもそんなことは話題にもしなかった。

危機感はさほど切実ではなかったし、昨今のまさかの状態を誰も予想できなかったと思う。

市の中心、国立銀行前から、おもちゃのような観光列車に乗って丘の上の聖パウロ教会へ。

その先の山の頂上には古い城塞が町を包囲するように立っている。カヴァラは使徒パウロが天啓を受けてキリスト教布教の第一歩を記したヨーロッパ最初の町との事。

地図をみると、ヨーロッパとアジア、北と南の十字路の真ん中という地理的に重要な古代、中世、近代と多くの支配者が去来した歴史のメインストリートという事が見て取れる。古代マケドニアのアレキサンダー大王のお父さんフィリィピ2世の城塞遺跡がすぐ近くだし、真っ直ぐ東へ走るとオスマントルコのイスタンブールだ。

照り付ける真昼の太陽の下、私たちの他に人影はない。木陰の階段に野良猫が数匹寝そべって眠そうな目を向けてくる。

10分程で退散して港湾を一望できる岬のカフェテラスへ。目の前に北欧の豪華客船が停泊している。

岸壁には小さな漁船やマストの立つ帆船がぎっしり並んでいる。シルモの家の立つ丘、さらにその先の山々も一望のもとだ。

(6)

風光明媚な故郷の町に住んで、とびきり贅沢とは言えないまでも、一応、中流の暮らしで、まずまず、「幸福」な人生を送っているものと思い込んでいたら、「実は……」と昨夜から、意外な内情を打ち明けられて意識の修正にアタフタ。

というのも、毎年送られてくるカードの印象は「幸福な家庭」の典型だったし、実際に文句なしの住環境で、健康に恵まれ、娘たちは理想的に成人している。

家族第一の生まれ故郷の実家の近くに住んで、老母のお世話も存分に果たしている。特技の英語を教えながら、地元ではそれなりのレスペクトとポケットマネーも勝ち得て何一つ不足はなさそう……なのに……。

もう何年も前から夫婦の仲が冷え切っていて会話がない、寝室も別々だという。それにしては、昨日も一緒に私を出迎えて、とても親密な雰囲気だったではないか！　と、のけぞりながら突っ込むと、あれは表向きと一刀両断。

それでこんなに太ったのよ、ストレスで。何年もカウンセリングに通っていて、それで何とか精神を維持している、と。

で、「女」がいるの？　と聞くと、そうでもない、問題は、愛情がないのに別れられない、経済的、家庭的、その他諸々の理由でと嘆く。

持ち家は自分名義だが、生活費は彼に依存している。間もなく始まる年金も含めて……と、あんなに明るくエネルギッシュな表向きの顔の裏にあった想定外の深刻な悩みに、一体、何と言っていいのやら……。

2時過ぎ、岬のカフェを後にして、町の中心に戻る。港の広場に張り出したタヴェルナ（レストラン）で当のパノスと落ち合って3人で遅いランチ……そういう手筈になっていた。

イワシの塩焼き、サバのマリネ風、天日干しにしたタコの炭焼き、皮付きポテト、トマトとキュウリに羊のチーズのサラダ。

次々と出てくる地元の料理を食べながら、今日の足取り、町の印象などを話す。しかし「内情」を聞かされた後なので、何とも居心地が悪い、一体どんな顔をすればいいのだ！

しかし、二人はごく普通に「夫婦」をやっている。向かい側の狭い席に殆どくっ付くように座ってお互いの皿からチョコチョコ取ったりして、仲が好さそうに見えるのだ。しかも、繰り返すが、彼は、外見からしてその辺のカフェにたむろする、ゾルバ系（労務者風）おっさんではないのだ。ウーム……。

⑦

長いシエスタ（休憩）の後、公務員やサラリーマン達は夕方から仕事に戻るという南欧のワーキングスタイルで、職場へ戻るパノスと別れて、私たちは一旦家に戻り、トレーニングウェアに着替えて、車で裏山の森へジョギングに行くことになった。

森の入口周辺には数台の車が停めてある。特にコースがある訳ではない自然の森の道は、人気スポットらしく、ペアや単独のジョガーがそれぞれ黙々と走っている。

私たちは走るというよりお喋りをしながら早足歩きのペースで、コースを何度か回る。途中で一人の顔見知りと会う。

例のごとくシルモは向日葵のような笑顔で挨拶を交わしている。私の事も話している様子だが、逐一通訳する訳ではないので、適当に会釈。

スピードが違うのですぐに別れたが、彼女が「ネ、ネ、あの人、どう思う？　いい感じでしょ？」とまるでティーンエージャーのように目をキラキラさせて言うのにビックリ！

最近ここで知り合って、時々、言葉を交わすようになった。今はそれがとても楽しい。こんな気持ち、長い事すっかり忘れていたわ。まだ片想いのプラトニックよ、勿論。好きになるのは自由でしょ。この後、彼は＊＊＊ビーチでひと泳ぎするそうよ。だから私たちも急ごう！　と私を促す。

急いで家に戻り、今度は水着に着かえて、その人を追いかけるように＊＊＊ビーチへ。

日没前のカヴァラ湾の奥まったそのあたりに水泳客は殆どなく業者が砂浜のデッキチェアを片づけたり、ゴミを集めたり、店仕舞いをしている。

見渡す限り、海に入っているのは私たちだけ。地中海を完全私有のひと時！　何だか大富豪オナシス気分だ。シルモは、〝憧れの君〟には結局会えずで、残念がってはいたが、明日がある、とすぐに気を取り直して日課をこなす。

毎日の海水浴は、冬も例外ではない、寒いのは一瞬だけ、ひと泳ぎした後は気分爽快、お蔭で風邪をひいたことはない、体は健康よと胸を張る。

⑧

翌日は、近くのスーパーで肉や野菜の買い出し。二人でピーマンの肉詰めやナスの煮物を作って車で15分程の母親を訪ねる。

母親と同居のシルモの弟は、（原因や経緯はよく分からなかったが）引き籠りのような状態で生涯独身とのこと。

同じ建物の一階に同じように高齢の叔父も住んでいる。私たちが行くと、珍しそうにみんながゾロゾロ出てきた。

弟は同居しているものの、あまり頼りにはならない、年金や銀行の対応初め細々した面倒を彼女がこうしてみているのだ。

90歳の母親は、シルモの説明に35年前のクリスマスの私の訪問をよく覚えていた様子、言葉は通じなくても懐かしそうに「お帰り」と言わんばかりにハグしてくれる。

⑼

翌朝、まだ寝ているシルモに「町へ行く、昼までには戻る」とメモを残し、カメラを片手にバスに乗る。

町の中心で降りて、港の魚市場や商店街をブラブラした後、街角のカフェでコーヒーとトーストの簡単な朝食を取りながら、ぼんやり町の人々を眺めて過ごす。

村上春樹が、20数年前に、「安い（一人100円）！　美味しい！」と感動した朝食の共産党本部ビルのキャンティーンはどのあたりだったろう……などと想像しながら。

市内に残る古代ローマの遺跡、水道橋の下で信号待ちをしていると〝コンスタンティノープル460〟という道路標識に目が留まる。

その全く日常的な感じが逆に新鮮でカメラを向けたが、勿論、イスタンブールの事だ。何となく世界中でイスタンブールはイスタンブールだと思い込んでいたら、ここではこの通り今でも東ローマ帝国時代の呼び名なのだ。

時代が変わったからって、そう簡単に変えられないよ、という彼ら独特の隣国への複雑な感情、こだわりなのだろうか……。

午後、シルモの運転で裏の峠のオリーブ畑を越え、一面黄色のひまわり畑を越えて走ること10分余り。

田園風景の中に、風雨に晒された廃墟が現れる。円形競技場や広場や住居などの名残を残す壊れた円柱や石垣跡は、ガイドブックによると、歴史の教科書にでてくる有名なアレキサンダー大王の父親、フィリピ2世の居城跡だ。

特に管理事務所らしきものは見当たらない。適当に駐車して、眩い陽射しの中、周辺を歩く。

数年前に観たハリウッド映画、「アレキサンダー」(04、O・ストーン監督)の圧倒的スペクタクルの舞台に重ねようとイメージするが、中々うまくいかない。

微風に揺れるケシの花に、諸行無常の、「つわものどもが夢の跡」を偲ぶばかり……。

⑩

滞在後半に入った金曜日、シエスタで帰宅したパノスと3人で簡単なランチをした後、冷蔵庫の残り物をムダにしないよう、手際よく料理してパノスの分や母親宅の分、そして自分達用と分けてタッパに詰める。

この辺の主婦の感覚は世界共通だ（笑）。これから2泊3日、次女エリーを訪ねてテッサロニキへ行くので、その留守の準備なのだ。

パノスの反応が気になったが、どうやらいつもの事らしい、計画を報告したが、特に不都合はなさそう。いない方がお互いにせいせいだ、と言わんばかりに感じるのは私の先入観か？。

アウトバーンを飛ばして約一時間半でギリシャ第二の都市テッサロニキに到着。市内に入ってから迷路のような狭い路地を走って、次女の住むマンションに辿り着く。

大學で建築を勉強中の娘の部屋は、カヴァラの住環境とは打って変わったビルの谷間の、昼も電気が必要な大都会の一室だが、4年間の家賃を考え、ちょっと無理して買った所有物件とのこと。

狭い2LDKで迎えてくれたのは大柄なギリシャ美人のエリー。我々に部屋を明け渡すべく自分は友達のところに泊まる手筈になっている。

あれやこれやシルモに説明した後、じゃあ、後でね、と言って一足先に出て行った。荷物を解いて一服した後、我々も夜の町へ繰り出す。

今夜は長女のゾエも現地集合して、みんなで彼らの友人の出場するダンスコンテストを観に行く。

どういうコンセプトなのかよく分からないけれど、何だかウキウキしたシルモの波長が伝わってくるのだ！

タウンホールのようなイベント会場は家族連れや友人知人のお喋りの華やかな雰囲気に包まれている。

入口付近でゾエとエリーが我々を待っていた。ワーワーと改めて再会を喜び合い、コンテストに出場する友達を紹介して盛り上がる。

娘たちは今が絶頂の大輪のバラのような美しさ。ゾエは父親似の細面に金髪のショートカット、エリーは母親似の黒い瞳にマッチした黒のカーリーロングヘア、もう一人の友人と合わせると、正にギリシャの三美神さながら……。

と、ここまで書いてウィキペディアで検索してみると、ルーベンスの「パリスの審判」の三美神は、かなりのメタボ体型で、どちらかと言えばお母さんのシルモに近い！

20代前半の現代っ子ギリシャ美女たちはピチピチのジーンズから「今が旬」の輝く美と若さを溢れさせている。

その美に圧倒されつつも、「花の色はうつりにけりな……」なのだよ、と、再び、「諸行無常」の「無情」を思う。

ショーの後、みんなでバーへ繰り出す。娘たちの母親とのオーバー気味のスキンシップが印象に残った。

背中におぶさるように腕を回したり、組んだり、お母さんのグラスから飲んだりする仕草が成熟した美女の外見に似合わない「甘えん坊」そのもの。

国民性なんだろうな、多分……それにしても、パノスのあのテンションの低さ……。こんなに慕われているシルモの言い分や立場は娘たちに十分理解され、共感を得ていると確信。

⑪

翌日は二人で、博物館や教会を覗いて回る。疲れて入った海辺のオープンレストランのぶどう棚の下で暮れゆく景色を眺めている時、偶々、白いドレスで着飾った幼女の洗礼式のパーティーに居合わせた。

アコーディオンやギターの民族音楽が奏でられ踊りの輪ができる。たった一人の子供の幸せを祝って数十人もの親戚が集う。

何とも懐かしい心和む風景をカメラ、いや、脳裡にインプット。

明日はここからスイスに飛ぶ。シルモも私を空港へ送った後、カヴァラに帰宅して、又、パノスとの日常に戻る。

沢山喋ったけれど、何がどうなったという訳ではない。それでも人生は続くのだ。

さて、ギリシャ危機は今の所、ギリギリで持ちこたえているようだ。メディアもこのところ静かだし、その後どうしているだろうと、先日（2015年8月）、2か月ぶりに電話を入れてみた。

相変らずの元気そうな声を聞き、それとなく、夫婦の近況をきいてみると、あれから、パノスは（念願だった）定年退職して、経営難だった事務所を畳んで大きな荷物を一つ下した。今はストレスもなく、夫婦の関係は、少しづつ好転していると。（ギリシャ全体）収入は減ったが、その分自助努力を余儀なくされ、夫婦も協力し合っていると。雨降って地固まる……か？

デフォルトも悪い面ばかりではなさそう。めでたし。めでたし。

同窓会——沖縄の旅　2015年10月16日〜19日

先日、沖縄の旅行社から書留郵便が届いた。一体なんだろう？　と開けてみると、この間の同窓会会費の超過分返済として金額2600円の郵便為替が丁寧な謝罪文に同封されている。何かの手違いだったらしいが、単純に嬉しいサプライズ！

その直前に幹事のM君から別途で領収書コピー付きの会計報告や記念写真などが届き、その完璧な業務遂行ぶりに、なんて律儀なんだと感心したり、これは、3年後の次の幹事はプレッシャー大かも……などと思った矢先だった。

いわばサークルのヴォランティア活動ごときにこの徹底ぶりは、これに先立つ夏頃に届いた「同窓会案内」にも現れていた。

その用意周到で一目瞭然なプログラムはちょっとしたプロ並み。その彼が、現地の業者との間に何か腑に落ちない点があったのだろうと想像する。
解散後に再チェックの上、洗い出したミスをこのような形のプレゼントにしたという事の次第らしい。

このM君とは数えてみると実に小学校以来54年ぶりの再会だったが、記憶の中の「紅顔の美少年」いま何処……（お互い様！）ではあったが、大手銀行で定年まで勤め上げたバンカーだったというから、さもありなん。
こんな有能な人材が定年と言う線引きで力を持て余して遊んでいるのはもったいない……などと他人事ながら、しばし、郵便為替を前に考えた朝だった。

彼の他にも54年ぶりはF君、こちらの印象は薄かったものの、あちらは、よく覚えているよ、ホラ、「松原とおーくー、きぃゆーるところーー」っていう唱歌、あの最後の部分、「みーーよ、昼の海ー」の部分に来ると、坊主頭の餓鬼どもが一際大声で「みーーよ、とくのみよ」って囃しただろ、僕もその一人だったよ（笑）っていう懐かしいエピソードを披露するや、意識は一挙に半世紀以上も前の活気溢れる教室に飛んだ！

もう一人の54年ぶりはこの沖縄で今も居酒屋をやっているというIさん。当時、足の速さは全島一で有名だった彼女だが、名前を言われてもピンと来ない。

そのまったりとした派手な髪型や服装から受ける印象があのカモシカのような少女とどうしても合致しないのだ。

このところ、小中高、短大、職場やサークルなど、様々な「同窓会」の案内が届く。この小中学校の同窓会もその一つで、2～3年に一度、持ち回りで各地で開催されている由。

そんな中で出席率はいい方の私の、顔と名前が一致しないケースはこの3人くらいと言いたいところだが、面影は残っていても、これが彼? これがあの彼女? という驚きや戸惑いは大なり小なりだった。

クラス一の悪戯っ子、ピエロキャラのT君。ある時、畑から捕まえてきた青ダイショウを、数学の授業中、こっそり教室に放して大騒ぎになり、先生も真っ青だった「青ダイショウ事件」の犯人は、朝食のテーブルで、ビニール袋一杯に詰め込んだ薬を並べて、次々に飲んでいた!

二度の離婚をし、苦労して「爺様」に成長？していた割には性格は昔のまま、宴会の席ではヨタヨタ危なっかしい足取りでみんなに酌をして回る相変わらずのサーヴィス精神！人間、外見は変わっても中身はあんまり変わらないのだ。

Sさんとは子供の頃に遊んだ記憶は無いが、とてもおとなしい無口な女の子だったのが逆に印象に残っている。

今も相変わらずその雰囲気を漂わせた彼女がクラスのもう一人の目立たない男の子と夫婦になって参加している！　周りから「新婚さん」などと冷やかされて、いつも照れている感じの仲良し夫婦。

朝食の時、ビュッフェから席に戻る時、ふと見ると、3人の女子が賑やかにお喋りする席から、一つ隔てたテーブルに夫のA君がポツンと一人で食べている。

どうして奥さんと一緒に座らないの？　と、お節介にも、双方を見ながら聞くと、同窓会だからね、別々！　とは奥さんの方から返ってきた返事……と言うより「宣言」(笑)。

こんな時くらい「妻」ではなく1人の「女子」にさせてよ願望がヒシヒシと言う訳。

成る程、そういえば、観光バスでも離れて座っていた。あのもの静かな優しい印象の彼女が実は「カカア天下」の女帝だった！

さて、同窓会の第一日目。那覇空港到着ロビー、13時発、オプションの半日バスツアーへ向けて関東、関西、奄美諸島各地から第一陣の16人が集合。

一人でゆっくり町を歩いてみたいと前日に現地入りしてスタンバイしていた私は、空港で彼らを「お迎え」する恰好になった。

年に一～二度、地域のイベント等の折に顔を合わせる、関西の同窓会レギュラーの面々をはじめ、十数年ぶりの埼玉のHさん、昨夜、徳之島から船で来た、地図上の距離は一番短いのに所要時間は一番長い、9時間だよ、と嘆くNさん、宮古島で休暇をしてきた、こんなに日焼けしてしまったと元気そうに笑う東京からの仲良しOさん＆Yさん達とワーワーとひとしきり挨拶。

早めに到着して反対側のターミナルで「お茶」をしていたというグループ、全員揃ったところでバスに乗車。

50代後半と思しきベテラン女性ガイドさんのウェルカムの挨拶を聞きながら島の南部観光へ出発。

「ひめゆりの塔」――その従軍学徒隊の物語は映画やドラマであまりにも有名だが、大なり小なりのフィクションが盛り込まれているという。

数年前に観た「ひめゆり」という柴田昌平監督のドキュメンタリー映画（06）は隊の生き残りの方々の「伝えたい」というたっての願いを実現したインタビュー構成のノンフクションだ。


スイスのヴォランティア活動の友人が、監督の意向を受けて、自宅で少人数を集めて自主上映活動を展開している、というので、特に思い入れも予備知識もなしにお付き合いで仲間とお茶を飲みながらの鑑賞だったが……。


しかしその淡々とした語り口、脚色されていない自然さが逆にリアルで齢80を過ぎようという彼女達の魂の叫びがグッと胸に迫って思わず涙した……という、そんな当時の感動を思い出しつつ記念館を一巡。

少女の面影を残す乙女たちの写真で埋まっている壁、実録のヴィデオ映像が繰り返し流れる暗い記念館。

外に出ると70年前の凄絶なドラマがウソのような青空。ぼんやり見上げる果樹棚のまるい実がキラキラ木漏れ日を浴びている。

海岸沿い一帯のサトウキビ畑の中に点在するレンガ色の屋根瓦、その向こうに広がる広大なエメラルドグリーンの東シナ海を眺めながらテーマパーク「沖縄ワールド」に到着。東洋一と言われる鍾乳洞（870m）の、無数の石のつららの垂れ下がる遊歩道を歩く。幻想的な照明効果なのか、どこまでが自然でどこからが人工なのか……ぼんやりしていたら、いつの間にか、エスカレーターで地上の植物園に運ばれていた！

出口に向かって、種々雑多な土産物を眺めながら、家族連れや旅行客で賑わう園内の順路を進む。途中、一服して飲んだ即席サトウキビジュースは、青臭い拙い味、コップ一杯450円は高すぎ！　子供の頃、故郷で味わったサトウキビはもっとシャキッと甘かったね、マンゴージュースにすればよかった……隣のHさんと同意して童心に戻ったひと時。

夕方、会場の琉球サンロイヤルホテルに到着。後から到着した12人と合流して総勢28人となる。

ホテルは、この人数でこの時期（沖縄は観光ハイシーズン）によくぞ確保できたという、空港からモノレールで15分の国際通り近くなのだ。

昨日は足の向くまま、お土産グッズや雑貨が隙間を埋め尽くすアーケードの下を歩き回り、中国人や韓国人旅行客の多さに圧倒されたばかり。「地元臭」を肌で感じたいと商店街の真ん中の、土産物屋の2階の安い女性専用ゲストハウスに投宿。

ドラッグストアに入ってみると、数か所のレジに列をなしている「爆買い」のアジア人客、対応するレジ係りの女の子も、そのアクセントで日本人でないのがすぐわかる。街中の中文やハングルは当たり前、ゲストハウスの共同トイレや風呂場の注意書きも然り。

地元の人々が行きそうに見えた、入り組んだ繁華街の奥の食堂に入ってみた。間口は小さいが、結構な奥行の郷土料理店は、一見、工場の社員食堂のような雰囲気。姉さん被りにエプロン姿の気合の入った(!)「ばあちゃん」達数人が、フル回転で客の対応をしている。

ご多聞に漏れず、ここも、客の大半はアジア人。一瞬、どこか東南アジアの雑踏に踏み込んだような錯覚を覚える。

でも、ここのゴーヤーチャンプルー定食は美味しかった、正真正銘の沖縄だ！

レセプションで幹事さんから部屋の割り振りがあった。3人一部屋というのに一瞬戸惑いはあったものの、このような団体では普通だろうと、自分に言い聞かせる。

結果的には、幼馴染み同士、その状況ならではのお喋りもそれなりに楽しんだ。アドレス等を交換し、次の約束までしたのだった。


その夜は国際通りの「四竹」という郷土料理店で舞台の沖縄舞踊を観ながらの会食だったが、他の団体客も大勢、喧噪でお互いの話し声も聞こえにくく食事が終わると、すぐにホテルに戻る。

同室のHさんなど、朝5時には羽田に向かう車内にいた、というから本当に長い一日でお疲れ様……交代でバスを使ってから早々に就寝。

寝付かれないまま、「沖縄」をキーワードに記憶のアーカイブへ分け入る。4歳の時、母に手を引かれて行った沖縄は、自分の中で辿れる一番古い記憶。

奄美諸島がまだ米軍統治下にあった1953年当時、沖縄の基地で働いていた叔父の家を訪ねての船旅。

沖に停泊した本船に向かって小さな艀で波に揺れながら乗り移ったこと。その「みゆき丸」の甲板に漂っていた鼻をつく機械油の臭い、3等室の雑魚寝の通路に並んでいた汚物用洗面器。

船酔い。乗船前の長い待ち時間、波止場の宿で初めて食べたパンの味、そのイースト菌の魅惑的な匂い。

叔父の家の近くで初めて黒人を見て驚いたこと。農家の長男の嫁で子沢山の多忙な母がまるで別人のようにゆったり寛いで、姉（叔母）との再会を心から楽しんでいた様子等が詰まった、私の旅の原風景、ファイルNO・1。

2度目の沖縄は返還直後の1972年。23歳当時、大阪市福島区にあった沖縄との小さな貿易会社の社員旅行。

と言っても、もう一人の同年の女性と経営者の親族、総勢4人という家族旅行のようなものだったが、写真もなくディティルが記憶にない。

あるのはお祝いムードで、夜、ダンスホールへ繰り出し、懐メロで踊ったフォックストロット。

その時に特価で買った珊瑚の指輪。リングはとっくの昔に消失したが楕円形の石の部分だけは、今も手元に残っている。

3度目はそれから25年後の1997年。小学生だった子供たちを連れて徳之島に里帰りした帰路、大阪へ飛ぶのに船で一晩かけて渡った沖縄。

あの「みゆき丸の航海」が前世の夢物語に感じられた、快適なマリックスラインの船旅。港近くの旅館に泊まり、朱礼の門の長い石の階段を歩いた事。港内観光船で沖合まで行き、特別なガラス桶から覗いた鮮やかな魚の色や子供たちのはしゃぐ声が次第に遠のいて……。

そして迎えた同窓会二日目。8時20分、昨日と同じ観光バス、そしてガイドさんの案内で、「北部観光」へ出発。

今日は28人全員揃ったところで、再び、「めんそーれー」のウェルカムから始まって、琉球文化や歴史、徳之島との方言の違い等をQ&Aに盛り込み、実体験に笑いをまぶしてのサーヴィスだったが……少々過剰気味……で、疲れた。

道路沿いに並ぶ立派なお墓は不思議な光景、墓地というスペースがないのだろうか？などと思っているうちに最初の観光スポット・道の駅「嘉手納」に到着。

嘉手納飛行場を基地の反対側の展望台から見物。

メディアの大々的な基地移設問題の報道に、さぞや沖縄中がひっくり返っているのではと想像したが、え？　あれってどこの話？　と思った程、どこも静かで伝え聞くような緊張感は感じず。

ここも降り注ぐ陽射しの中の緑の芝部はのどかなゴルフ場といった雰囲気。勿論、鉄条網で囲われ、出入りは不可。

基地のある重圧を述べよ、と問われたら、前日に空港のカフェに座っていた時、小型の軍用機が視界をかすめたのが唯一、それらしき体験か？　日曜日だったからかもしれない、多分。

美しい絵はがきそのままの、サンゴ礁の断崖が波に浸食されて出来上がった自然の造形芸術を眺めながら歩いた万座毛の遊歩道。海から吹きつける風に煽られながらIちゃん夫婦と記念撮影。

彼女は、関西では、すでに「名誉同級生」扱い（笑）の、レギュラーとして顔馴染みの大阪出身のご主人同伴で参加している。二人で一つというピーナッツのような感じの仲良し夫婦なのだ！

地元ブランドのオリオンビール工場見学と試飲、ランチの後は、沖縄観光の目玉、海洋博跡地にできた素晴らしい環境の「美ら海水族館」へ。

満員の盛況で階段に座って見物した屋外プールのイルカショー。最後は島の西端の古宇利島への絵のような橋を渡り、白い砂浜で記念撮影をして長い観光プログラムは終了。

19時30分。昼間の疲れもなんのその、一旦部屋へ入った後、再びホテル12階の宴会場に集合。同窓会懇親会の垂れ幕が掛かった正面舞台で記念撮影の後は、出身村落別に円卓に座る。

コースメニューが終わる頃、舞台では神戸から参加のKさんとSさんの三味線コンビの演奏が始まった。ほろ酔い気分の中、校歌や故郷の民謡を合唱、そして「踊り」へと座は盛り上がり3年後の大阪へとバトンタッチとなった。

オーストラリア大陸横断旅行記　2016年2月

羽田発シドニー行きのカンタス航空の機内、指定席の3つ並びの真ん中に座っていると、後から窓側に中年の日本人男性が、そして通路側に体重100キロは優に超える白人男性がどっかり着席。しかも手摺のこちら側まではみ出す勢いのむくつけき腕にはクリカラモンモンの刺青！　嗚呼……これで9時間半のフライトは絶望的……何とかしなくてはと、焦りながら周囲を見回す。

確実に埋まるものと思っていたすぐ前の席が何故か2つ並びで空いている。誰も座らない事を念じつつ離陸間際まで辛抱強く待ってから乗務員に移りたい旨伝えると、その席はオーディオの故障で空席なのだという。この際そんなことは構わないから、と変えて貰って、やれやれ、と一難は排するも……。

時差ほんの2時間の夜間飛行、一晩寝たら到着、と気安く考えていたらオーディオなし読書灯なしの時間は長かった。

翌朝9時半シドニーに到着、休む間もなく待機していたバスでそのまま、近郊のブルーマウンテン観光へ。現地ガイド、メイコさんの話をユメウツツで聞いているうちに目指す山の上の村に到着。真っ青な空の下、谷間の向こうの山脈に沿って文字通りの青みがかった霞。南半球はまだ夏の真っ盛り。

階段状の観覧列車に座って山の斜面の急傾斜を、見渡す限りのユーカリ原生林の底に向かって真っ逆さまのスピードで下降。キャーキャー悲鳴があがる中で足を踏ん張りながら何とか動画撮影に成功！

鬱蒼とした渓谷の遊歩道には、かつて栄えた炭鉱の後が模型のトロッコや労働者の姿等と共に展示されている。頂上の村は植民地時代の富裕層の避暑地だった由、そんな大英帝国全盛時代を彷彿させるイギリスのパブ風レストランでツアー最初のランチ。

午後、シドニーの象徴ともいえる独特の形をしたオペラハウスの周辺を散策。真っ先に視界に飛び込んでくるのは入り江に停泊中の巨大な豪華客船だ。波のしぶきに手が届きそうな遊歩道にはカフェテラスが並び観光客や日光浴を楽しむ人々で溢れている。今夜のコンサートのためだろうか、チケットの窓口には行列ができている。

絵はがき等でお馴染みの独特の姿形のオペラハウスは、近くからだとコンクリート打ちっぱなしという感じの外壁など〝美しい〟というには程遠い。やはり、遠くから、例えば夜景の中で観てこそイメージと合致する。

そんなことを一人で考えながらバスに戻る途中、先を歩いていた同行のYさんに追いつき声をかける。彼女も一人参加の、旅行が趣味の同世代。その上偶然にも、ご主人が私と同郷で、毎年夫婦で墓参りに帰省するのだと言う。あら、まあ！　とすぐに意気投合したのは言うまでもない。

参加者は九州、関東、関西各地から総勢28人。単独参加は私とYさんの他に男性一名、17歳の孫娘同伴の50代の若い祖母。顔がそっくりの4人姉妹とその伴侶一人の5人組、後は最高齢の82歳と81歳の夫婦を筆頭に8組の夫婦。平均年齢は（孫を除くと）多分、70歳前後という事、などが、時と共に判明。

バスは湾の反対側、ハーバーブリッジの眺めが美しい岬の公園へ回る。コロニー時代の有名な貴婦人がお散歩の折に座ったという岩の椅子。由来の刻まれた碑、その後ろには巨大なイチジクの木が被さるように枝を広げている。水辺を散歩する人々、ジョギングの若者、水着姿で芝生の上で寝転ぶペア。それは紛れのない欧米の風景。

夜、ホテル近くのイギリスのパブ風レストラン。白のシャツに黒いチョッキをキリリと着こなした金髪の白人ウェイターの給仕で、まずはミックスサラダの前菜。バルサミコとオリーブオイルのソースが思いのほか美味しく、イギリスと言うよりイタリアンの味。これで、私の中のオーストラリア料理の評価はグレードアップ！ 続くメインのラム料理も中々の味で残さず平らげる（多分、ランチの骨付きチキン料理、量がうんざりする位多いうえに大味で殆ど手を付けなかったのが原因かも）。

三日目、シドニーから空路3時間半。次第に高度を下げていく機体の窓から見るエアーズロックの姿は巨大なマンモスかトドがじっとうずくまってようにも見える。赤土のサバンナの真っ只中につるりと肌を剥き出した、「地球のおへそ」という別名の、オーストラリアのシンボル的なこの岩山はアボリジニ達が神様の山ウルルと畏怖する聖地だ。

送迎バスで15分も走ると、背の高いユーカリの木々がプールの周囲に植えられたリゾートホテルに到着。

チェックインの間中、入り組んだ広いロビーのどこかから、生れてこの方、聴いた事もない音がする。地響きのような、お寺の鐘の残響のような、巨像が鼾をかいているようなうな、耳鳴りのようなその音は、ウェルカムのアトラクションで、アボリジニ風アルプホ（聞いた事はないが！）不可思議な音。耳を澄ますと、メロディーがあるような、ないよーンの演奏だと後に判明。音楽と一口に言うが広い地球ではかくも多様なのだ。

部屋に荷物を放り込むと、再び30分程バスに乗ってカタジュタというもう一つの聖地、岩山の「風の谷」ハイキングへ。直前に全員がホテルの土産店でハエよけネットを買うようアドヴァイスされる。実際、ネットなしでは目も開けられない程の多さ、執拗さなのだ。こんな餌も何もなさそうな所に好んで棲息しているのがさらに不思議。世界はいよいよ分からないことだらけ。

一時間ほどのハイキングだったが、途中から雲行きが怪しくなって、バスに戻るや大雨、現地ガイドもこの時期の雨は珍しいと言う。

今夜はエアーズロックの真っ赤な落日、そして満天の星空を愛でながらの野外バーベキューが予定され、このツアーの「目玉」だっただけにこの突然の雨には全員がガッカリ。ことに前出のYさんなど、オーストラリアは3度目だがエアーズロックは初めてでこのサンセットディナーが魅力で参加したのに……と悔しがっていた。

主催側も、もしかしてと、ギリギリまで様子見だったものの、結局、普通に宿泊ホテルのレストランに変更された。それでも夕食の直前には雨はすっかり上がり、部屋のバルコニーから、束の間の燃えるようなオレンジ色の夕焼けを脳裡に焼き付けたと口々に語る「感動」の声でディナーの席は盛り上がる。

サンセットディナーは叶わなかったが、サンライズモーニングは何としても、と、翌朝は4時半起床。そこにはすでに観光バスが何台も停まっていて、同じプログラムの観光客で場所取り合戦という様相。まだ夜明け前と言うのに活気に満ちている。

弁当とバスの荷台から出された携帯用椅子を受け取って場所を確保し、セルフサービスの熱いコーヒーを飲みながらご来光を待つ。何だか、お芝居の開幕を待つ気分。後方の地平線から徐々に姿を現す太陽が、前方舞台に照準を合わせると、ご神体のエアーズロックは次第に神々しさを帯びたオレンジ色に染まっていく束の間の大自然のショー！　何だか自分がスケールの大きなSF映画の登場人物になった気分ですっかりハイテンション。

ガイドによると、各地にあるアボリジニの神話や聖地にゆかりのスポットを含む広大な地域（国立公園）を、政府が彼らから数百年単位で借り受けてその地代を払うという形で運営しているとのこと。近年、観光事業が拡大して、ズカズカ入ってくる価値観の違う観光客の流儀が色々と物議を醸し始めている由……それで、例えば、エアーズロックハイキングは、目下閉鎖中だ。とは言え、観光は彼らにとっても重要な収入源なので、痛し痒し……というところらしい。ウーム。中々難しい問題だ。

世界最大級のサンゴ礁（2千キロ）グレートバリアーリーフに囲まれたオーストラリア北の玄関ケアンズ。日本からは最も近い人気のリゾートらしく同行者の中にも何人かのリピーターがいる。

四日目、エアーズロックから空路2時間半、景色は赤いサバンナから一転して紺碧の海と深い緑の熱帯雨林に囲まれたオアシスへ。天高くそびえる椰子の街路樹や、街ゆく人々の雰囲気に南国的な解放感が溢れている。

空港で出迎えた現地ガイドは、イズミさんという肝っ玉かあさんタイプのオモロいオバちゃん。ボケとツッコミの一人漫才のような、早口の喋りに笑いつつ、こちらもいつの間にかケアンズモード！

夕食は波止場のレストランで名物の羊肉のステーキをテーブルの上で焼きながら……というものだったが、味は可もなく不可もなく。それより係のウェイトレスが20代前後の日本人という点が興味をそそり、気を付けて見ると、港や島の、売店やスポーツ店などで日焼けした日本の若者が働いている姿が目についた。

ワーキングホリデーというシステム、聞いた事はあるがこうして実際に見たのは初めて。手足を動かし、汗をかきながら自らの意志で学ぶ生きた英語は必ず身に付くし、自立心も養う、いい事だと久しぶりに日本の若者に感心したシーン。

メンバー最高齢（81歳と82歳）のご夫婦は、この後のパースの町で一日ツアーから離れて、同様にワーキングホリデーで1年前から滞在中の孫に会うのが楽しみと語っていらした。間違いなく、短い間に心身共に大きく成長した孫に目を細めることでありましょう！

翌朝、キュランダ行きの高原列車に乗って熱帯雨林の中をゆっくり走る。ジャングルの中の壮大な滝や川、鉄橋や反対側の列車、彼方の海等のビューポイントに来ると適当に停車。乗客はゾロゾロ外に出てそれらをカメラに収める。のんびりゆっくり、足の向くまま、気の向くまま？　タイムテーブルはあるのか、ないのか？　どうでもいい、そんな感じ。

午後はホテル近くの港に戻ってランチの後、沖に浮かぶグリーン島へ。グラスボート班と分かれた我々シュノーケル班は50代の祖母と孫ペアと私の3人だけ。指示通りにビーチの店で用具を借り、簡素なロッカールームで着替えをすると早速水辺へ。以前からやってみたいと思っていたシュノーケルの初体験。当初は中々コツが掴めずジタバタしたが、若い彼らと一緒に、恥も外聞もなくキャーキャー騒ぎながら、潜ってみるとこれが何とも言えない快感なのだ。

潜ると言っても表面に浮かぶ程度だが、それでも慣れてくると色鮮やかな熱帯魚や流麗な魚の大群が忙しそうに泳ぎ、海藻のユラユラする水中の景色が我が物なのだ。すぐ横を巨大なウミガメが泳いでいる！　残念ながら写真はない。ほんの2時間ほどの「お遊び」だったが、本格的にダイビングを習ってみたい……と新たな夢の拡がったグレートバリアーリーフの午後。

2月27日、夜、幻想的、原始的なアボリジニのショーを観劇した後、その会場のキャンティーンでのディナー。そろそろデザートという頃、キッチンの方からロウソクの乗った華やかなデコレーションケーキが、隣り合わせに座っていたYさんと私の前にそれぞれ運ばれて来た。其々の名前入りで！　ポカンと顔を見合わせる二人の周りから「ハッピーバースデイ～」の合唱。

誕生日、ほんの3日違いね、と最初の自己紹介の折は、更なるお互いの共通項に盛り上がるも、目まぐるしいスケジュールの中でそれっきり忘れていたが……そうだった、今日は彼女の誕生日だった。

三日前は出発翌日の夜間飛行中でそれどころではなかったし、その後も誕生日などすっかり意識から抜け落ちていたところにこの「合同企画」という嬉しいサプライズ！

それにしても添乗員（今回は40代の独身男性）という仕事の大変さが思い遣られる。得体の知れない烏合の衆（しかも高齢！）を引き連れ、安全かつ正確に任務を遂行する傍らでこんな個々のあれやこれやも考えなくてはならず、仕事とはいえ、殆ど修行に近いのでは……などと思いながら。

バスでホテルに帰る途中、片言の日本語を喋る運転手のカールの手引きで、どこかの原っぱで下車。満天の星空の下、すぐそこに手が届きそうな南十字星を見つけて全員が童心に返ったひと時。今、地球という星に乗っているのを実感した3日遅れの誕生日イベントの締めくくり。

翌朝、キュランダのもう一つの観光目玉、長さ7キロのロープウェイで熱帯雨林の上空を空中散歩。到着した山の上の自然動物園のアトラクションは、一人一人がコアラを抱っこしての記念撮影。一日中、次から次へと訪れる無数の観光客に抱っこされるコアラには何とも気の毒で、動物愛護団体なら「虐待」だと文句を言いそうだが、5~6匹がシフトで待機している。疲れたり機嫌が悪かったりするとすぐに交代というが、そうでなくてもいつも眠そうな疲れた表情のコアラ達に課された〝おもてなし〟という強制労働（？）には同情の余地はありそう。

久しぶりに熟睡して早々に目が覚める。昨日は「コアラ抱っこ」の後、空港へ直行、ケアンズからメルボルンを経由してトータル飛行時間7時間半の長い大陸横断の末、夜7時、西の果てのパースに辿り着いた。

高層階の部屋のカーテンを開けると、白み始めた静かな町が眼下に広がっている。そうだ、と、思いついて、ウォーキングに出る。今日の出発は10時、それにここでは3連泊なので荷物出しの慌ただしさもなく、やっと落ち着いた休暇気分で足取りも軽い。

町を蛇行する湖のようなスワン川、どちらが上流か下流か見分けがつかない。川沿いの広大な芝生地にはジョギングやサイクリングのレーンが整備されている。多分、出勤前のトレーニングだろう、黙々と走る人々とすれ違う。水面ではカヌーのトレーニングチームが滑らかなフォームを描き、彼方には教会の塔。見慣れたヨーロッパの都会の朝の光景だ。私は今どこ？　などと一瞬、見当識障害に陥る。

そんな凛とした空気の中を歩くと、細胞の隅々までエネルギーが行き渡るようで気分爽快……という訳で翌日も翌々日も少々無理をして日課にする。

所要約3時間、パースの郊外195キロの観光地ピナクルスへ。果てしなく続くサバンナの果てに突然現れる奇妙な形の大小数千もの石柱群。何万年という時間が創り出したオブジェが周辺に墓標のように乱立している。

荒涼とした黄色い砂漠の中に立つと、何もかもが非現実的でSFの世界か夢の中にでもいるような感覚に包まれる。この光景は日々変化しているので世界遺産にはなれないのだと言う。

南極がすぐその先というインド洋が広がる小さな海岸の町で下車。ちょっとした砂漠体験を、と全員が海風に吹かれながらゾロゾロと砂丘を登って写真撮影。遠くから粉末に見えた砂丘は意外にも固い地面だった。

紺碧の海と空、純白の砂丘を後にして、再びバスは走行を続ける。途中のトイレ休憩で降りた自然公園で、ユーカリの木の上で半ば目を閉じて〝瞑想中〟のコアラやカンガルーの群れに出会う。

あまり警戒心がなさそうなカンガルー達、グループでピョンピョン、餌をさがしている様子は奈良公園の鹿を連想させた。国道を走行中に遭遇した一匹のカンガルーがヒッチハイクよろしく道端でピョコンと後ろ足で立っている姿が微笑ましくまるでメルヘン。みんなの童心をくすぐる。

断続的に現れる山火事の後の黒い木々。落雷などによって大規模な山火事は頻繁に発生するが、それに対して人間が何かの対策をする訳でもないらしい。ごく当たり前に自然の焼畑農業の効果として連鎖しているという壮大な自然の営みが目の前に広がっている。

ユーカリの木は火事になっても焼けるのは葉っぱのみ、芯は燃えずにじっと耐え忍ぶ、という。地中深くに根を張って成長がとても速く油を含み、精製されてハーブや薬やサプリになる。

ユーカリといえばコアラの食用の木、というイメージしかなかったが、それは5～600種類の中のほんの一部との事。国のあちらこちらで見たユーカリの木は、やたらめったら背が高く、時に無残に折れたり皮がむけたりで見た目に美しい木という印象はないがこんなに実益性の高い木なのだ。

夕方、パース市内に戻って、太平洋戦争の戦没者慰霊塔の立つキングスパークへ。小高い丘からスワン川の両岸に広がる町全体を見下ろすテラスまでのアプローチは形よく手入れされたユーカリの並木道。まるで楚々とした色白の背の高い美人達がようこそとお迎えするがごとくで、荒野のそれとは趣を異にする。

パースの二日目、所要4時間半、内陸の東、330キロのウェーブロックへ。昨日は400キロ余りの走行、これでもか、これでもかという大自然のオンパレードに、正直もう充分というところだった。とは言え、こんな地の果てまで来たんだし、と、本音は引っ込めて初めのうちは好奇心を掻き立てるべく車窓からカメラを向ける。

そのうち、ウツラウツラしていつの間にか眠りに落ちている。ふと目を覚ますと、いまだに同じ景色は続いている。信号のない直線の道は果てしなく永遠に続くかのように。物静かな紳士タイプの運転手ペーターは一言も発せず只黙々とハンドルを握っている。仕事とはいえ、その忍耐力、集中力に脱帽！

昨日からの現地ガイドは、ケアンズのいずみさんとは真逆、スローテンポの眠気を誘う喋りの30代の独身というミカさん。長い道中、時々思い出したように、現地の生活の不便さやアボリジニの伝説などを話すけれど、面白くも可笑しくもない。

そのせいか話は長くは続かず沈黙がやってくる。音楽でも入れたらいいのにと思うが、規則なのだろうか、只、只、黙々と走る全行程600キロ！

〝モーニングティー〟で、ヨークという寂れた田舎町に途中下車。その名が示す通り開拓者たちが望郷の想いで造ったであろうこの町は、イギリスの田舎町の雰囲気が色濃い。何だか40年以上も前に住んでいたロンドン郊外の街角にタイムスリップした感じ。

10分も歩くと尽きてしまうメインストリートには、小さな郵便局や教会、古ぼけた家具屋、洋品店、ドラッグストア、美容院、不動産屋などが軒を連ねている。ガラス越しに店内を覗くとそれなりに営業をしている模様だが表に人影はまばら。そんな通りの簡素なカフェの前に突然集団で現れた我々は、周囲の静寂を破る闖入者という塩梅。

ガイドさんがハロー、ハローと中に向かって呼びかけると無愛想な初老の店主が奥から出てきた。続いてエプロン姿の奥さんもニコニコしながら顔を出すと、30人近い団体でキャパシティーオーバーの小さなお店は花が咲いたように賑やか。いつもの事らしくガイドさんが、事前に一人一人から注文を聞いて連絡してあったので流れはスムーズ。ポットに入ったイングリッシュティーと手作りの懐かしさがいっぱいのスコーンを頂きながら一休み。

内陸へ進むにつれて、アボリジニの雰囲気が濃くなる……というより、彼ら先住民が征服者によって過酷な生活環境の内陸部に追いやられた結果だが。あちらこちらの岩山や洞窟に残る伝説や神話から、彼らが自然を畏怖し崇拝してその伝統に包まれて生存している事がじんわり伝わってくる。

〝カバのあくび岩〟とか〝ゾウの後姿〟などというユーモラスなものや、女達の聖なる場所、男たちの集会所などと名付けられた岩や洞窟を見て歩く。

映画「オーストラリア」（08）の中に出てきた、預言者のようなアボリジニの長老の姿が脳裡に浮かび、天使のような少年、ナラの口ずさむ甘くせつない懐メロ〝オーバーザレインボー〟が聴こえてくるようだ。

ご当地俳優の美男美女、N・キッドマンとH・ジャックマンが演じたオーストラリア版「風と共に去りぬ」ばりのスペクタクルは、歴史の裏側や社会の様々な差別問題を孕みながらも重過ぎず軽過ぎずの映画の醍醐味がたっぷりのお気に入りの一作だった。目の前の光景を映画のシーンにオーバーラップするとなんの変哲もないその辺の石ころや木が陽炎のような生気を帯びてくる。

その岩の周辺では、両手両足を上げて勢いよくジャンプする瞬間をカメラに捉えよう、という元気な若者たちで賑わっている。

今日の観光目玉のウェーブロックは、岩の色や形が巨大な波が怒涛のように巻き起こる様にそっくりというのでその名前が付けられ、観光地として知られるようになったのはほんの数年前からだそう。本当に若者達はサーフインに興じているように見える。ジャンプはハードルが高い我々はせめて立ち姿で全員集合の記念撮影。側面がえぐれて傾いているので何となくバランスを崩しそうになりながら。

珍しくここは、ハイキングオーケーなので、荒波の外れの方の急な坂をガイドさんに従ってアリの行列よろしく、ヨッコラショ、ヨッコラショと登る。

高さ15メートルを上りきって一服し、360度のパノラマを見物しながら、何故この縞々模様ができたのか、岩の反対側には雨水をためた貯水池が見えるが、どんな風に水を確保したのか、気の遠くなるような昔々の話に半分耳を傾けながら、あちらこちらの写真を撮っていると、あの最高齢のご夫婦が仲良くスタコラスタコラと岩の迂回路を下って行くのが見える。なんとも長閑なウェーブロックの昼下がり。

長いドライブの末、再びパースに戻って、最後の夜は水辺のレストラン、マチルダベイにて海鮮料理のフルコース。馴染になった面々と「又、どこかで会いましょう」と其々が注文したワインやビールでお別れの乾杯。

ホテルへ戻る途中、澄み渡った夜空を見上げて、いつもそこから見守っていた南十字星にも「素敵な日々をありがとう!」と、無言の感謝とお別れの挨拶。

明日は再び大陸を横断してシドニーから羽田への二日がかりのフライトが待っている。

オリヴィアの結婚式　2016年8月6日

(1)

春頃スイスに住む姪のオリヴィアから結婚式の招待状が届いた。娘のセリーナより半年ばかり年上のオリヴィアは、夫の双子の妹の一人、マギーの長女である。

子育て真っ最中の頃は乳母車を使い回したりお下りを貰ったり返したり。クリスマスやイースターを義両親の家で祝い、誕生日は家族がそれぞれの家に招待し合うのが一家の年中行事だった。

そんな中で誕生の時からその成長を見てきたもう1人の娘のような存在だったが、成人して独立してからは会う機会も薄れていった。

この数年は、時々母親のマギーから噂を聞く程度だったので、日本へ引っ越した私にまで招待状が届くとは思いも寄らず、びっくりするやら嬉しいやら。

オリヴィアと相手のクリギーは10年以上も一緒に住んでいたので「結婚式」への拘りなどないものと勝手に思い込んでいたのだが……。

彼女ももうすぐ31歳になるのだ、色々考えた結果であろう。結婚前の同棲はスイスではごく一般的。入籍する前の「お試し期間」は必須とされている。

お互いの価値観や生活態度など、暮らしてみないと分からない事は山ほどあるのだから当然といえば当然の事(カトリックは例外)。その期間は数か月だったり、何年にも及んだりする訳だが。

さらなる現実的問題は、夫婦として支払う所得税がそうでない場合と比べて高い……という理由も大きい。これについては、「結婚」が罰になるような税の差額はおかしいという論議があり改善中とも言われているが……。

早速、子供たちと相談し結婚のプレゼントをアレンジしてもらう……招待状の中に式前の準備を仕切る窓口のような対応のホームページがあり、招待客はそこから、どんな言葉を、どんなプレゼントや写真に添えて、等とオーダーできる、というIT時代の結婚式なのだ。私にはお手上げなので「よきに計らえ」、とばかり子供たちに一任した。

結婚式の当日、息子の運転で娘とそれぞれのパートナーの5人で、チューリヒの中心から30分程の彼らの居住区Pfaffikonの教会を目指す。
その二日前にスイスに到着して、娘のマンションに身を寄せ荷物を解いたばかりでまだ時差ボケ中だったが。長丁場になるであろう今日のプログラムを考えながら身支度をしているうちに頭の靄も晴れてきた。

市内からちょっと走っただけで緑豊かな田園風景が広がるチューリヒ郊外。トラムやバス路線の終点のなだらかな丘を越えると、時間が止まったような、セガンティーニの絵のような……そこで生活をしていると、気にも留まらないどこにでも観られる風景が広がる。遠くに山々を望み、行く手に湖が見え隠れする信号も殆どない細い一本道が伸びている。澄み渡った青空の下に教会の塔が遠くから見えている。まるで道標のように。そこが目指す町の中心だ。

13時30分、手前の駐車場に車を停めて、5人が教会の広場へ歩いていると、同様にあちらこちらから正装の老若男女が集まって来た。
すぐに90歳の義母を伴ってきたもう一人の義妹のエリカ夫婦が目に留まる。エリカは5

月に初めて日本を旅行し、大阪の私の所にも3泊したばかりだ。

早速、一人一人とスイス式ハグの賑やかな挨拶を交わしていると、マギーと彼女のパートナーのベアト、そして長男のベンジャミンもやって来て、いつものファミリーメンバーが揃う。

周りは面識のない新婚夫婦の友人達、そして新郎の親戚一同らしい集団、カラフルなパーティードレスの若い子達が笑いさざめき、可愛らしいドレスの小さな子供が3‐4人元気に走り回っている。辺りには薬玉を割ったような華やかさが広がっている。

14時、教会の中へ。しばらくオルガンの演奏を聴いていると、やがて後ろの方からざわめきが湧き上がり、ウェディングドレスのオリヴィアが父親のクリスチャンにエスコートされてヴァージンロードを歩んで来た。

長身170センチ強のモデル並みの体型を誇るオリヴィアは文字通り、正に人生の最高潮（Hochzeit=結婚式）の一瞬一瞬を全身全霊で享受するが如く光輝いている。振り返る会衆の視線に父と娘は満面の笑顔で応える。映画のシーンそのものだ。

クリスチャンに会う（を見る）のは何年ぶりだろうか……実に20年ぶりくらいかそれ以上かも。オリヴィアが2歳の時、彼らは離婚している。狭い地域なので色々噂は聞いても直接会う機会はなかったのだ。

今日は彼にとっても「花嫁の父」という晴れ舞台の準主役という大切な日なのだ、言葉を交わさなくても、彼の笑顔から零れる万感の想いに触れ、ちょっぴり感傷的に……。

（2）

離婚後、オリヴィアの、母親と暮らしながら隔週末は父親と過ごす「面会権」はきちんと守られ、毎月の養育費も法律で決められた以上の配慮がなされていた由。親の離婚で子供が不当な境遇に晒されないように、との姿勢は当然とはいえ、とても好感が持てた。

まだ30歳そこそこだった煉瓦職人のクリスチャン、色々話はあったようだが再婚はせず、友人と共同経営の土建業を一筋……そんな身辺の噂話はチラホラ耳に入って来た。

さらに近くの彼の実家の（オリヴィアの祖父母や二人の叔母たちとその家族）、クリスマス等のファミリーイベント時の様子等を、オリヴィア経由のマギー談で聞くにつけ、親の離婚が即、子供の心の傷とはならなかったのは容易に想像できる。オリヴィアはいつ会っても明るく活発な子だった。

どちらかと言えばパパッ子のオリヴィアが隔週末になると嬉々として出かけるのをマギーは複雑な想いで見ていた、という気がする……。

何しろ、性格の不一致という理由で離婚したかったのはマギーの方だったから。

そんなことを考えているうちに式はクライマックスを過ぎ、祭壇の前の二人を前に牧師さんが盛んに新郎クリギーの昔のエピソードを面白おかしく喋っては会衆を笑わせている。子供の頃から常任だという牧師さんは殆ど親戚のおじさんという感覚。そんなアットホームな雰囲気の挙式は、カトリック教会のような荘厳さは微塵もない。

目の前の席には若いオランダ人家族が座っているが、ブロンドの髪をアップにして背中には大きなバラの刺青が！　しかも両脇に幼い子供たち。彼女は子供たちのママなのだ。

そんなショッキングな感想を後で話すと、それは貴女の方がコンサバなのよ！　古い。今は普通なのだ、ファッションなのだと。

そして、舞台に見立てた祭壇では黒人シンガーがソウルミュージックをボリュームたっぷりに歌いだした。どこかアメリカの田舎の教会にいる感じで聴衆もいつしか腰を振り振り手拍子！

意見や好みは人それぞれではあるが、祭壇の前だ、十字架のキリストの前だ、もう少し畏敬の念があってもいいのでは……などと内心で批判しつつ、一方でオリヴィアの結婚式の雰囲気にはぴったりだと納得。

さて、場面は教会の庭園に移る。すでにガーデンパーティーの丸テーブルが庭のあちらこちらに並び広場の片側の木立の前にはビュッフェがズラリと並んでいる。

青空の下、頭上に教会の尖塔が聳える下方にジャズバンドのカルテットが軽快なメロディーを奏でている。

誰かがスピーチをする訳でもなく、人々は適当にスタンドの接待係からシャンペンやワインを受け取り、木陰のベンチ等思い思いの場所で話の輪が広がっている。後で知った招待客の数は75人。

広場の午後のリラックスタイムという雰囲気の中、子供たちもそれぞれ顔見知りを見つけて散らばって行った。

お皿にアペリティフのお肉やスティックサラダを取って、すでに木陰の丸テーブルに落ち着いている義母の隣へ。未亡人歴20年余の義母とは〝お一人様〟同志のペアで傍からは足腰の弱い彼女をサポートしているという図になっている。

最高齢の彼女の所には皆さんが挨拶にくる。新郎クリギーのお父さんが自己紹介に来てくれたのでこちらも同じように挨拶をしていると、見覚えのある顔が寄って来た。

クリスチャンの姉のローズマリー夫妻だ。20年ぶり位だろうか。面影は残っているが、それなりに外見も変貌している。あちらから見るこちらも同じようなものだろう。久しぶりの再会を喜び、近況を報告し合う。

生バンドの音楽に合わせて広場の中央ではフォークダンスに興じる年配の人達。中に見覚えのある白髪の老女が楽しそうにステップを踏んでいる！　オリヴィアの祖母だ。意外な姿に目を瞠り御年を尋ねる私に、

「84歳なのよ。ダンスが好きで、好きな音楽が始まるとじっとしていられないのよ」と傍らのローズマリーが可笑しそうに笑う。

音楽が、私には初めてのどこかの民謡になると、お祖母ちゃんは向こう側のテーブルに座っていた婦人を急き立てて手を取ると、再び踊りだした。

「オランダの民謡よ、ダンスの相手はクリギーのオランダ人のお母さん」と続けて解説してくれた。ダンスの輪の向こうにはクリスチャンの妹、カティの笑顔も見える。

17時、音楽が一休みした頃、進行係からシートが手渡された。住所氏名を書き込み、それを風船にくくりつけて飛ばすのだ。

風船がどこかの誰かの手に入って、返送されてくると何かが当たる……よくあるお楽しみゲームだ。号令がかかると全員が見上げる中、無数の真っ白な風船が蒼穹の空に上昇していった。

指示に従って表通りに回ると〝Just Married!〟に、バンパーに空き缶の派手な飾りの真っ白なワーゲンが停まっている。プロ、アマの無数のカメラマンに向かってポーズをするまるで二輪の向日葵のような新郎新婦の幸せ一杯の笑顔がキラキラ。

(3)

飲んで食べて満腹し、ダンスやゲームも愉しみ、あとはデザートを残すのみ、パーティーもそろそろ終盤などと勝手にと思っていたら！

「新婚さん」の車を全員で見送った後、各自で次の会場に向かう。車で30分程の隣の町のUster湖が見渡せる高台のホテル・レストランは、貴族の館を思わせるどっしりとした外観。

自然公園のようなテラスにはところどころにベンチがあり、森の中へ小路が続いている。レストランの前庭にはテーブルや椅子が配置され、先着の人々がドリンクを片手に談笑中。ネクタイを外した参加スタッフたちが忙しそうにテラスとレストランを行き来している。どうやら教会のパートは序章でここからが本番のようだ。

義母と一緒にテラスを散歩し、まだ夕暮れには早い鏡のように静かな湖面を眺めたり、お手洗いに行ったりするうち、次のプログラムが始まったようだ。

中央のテーブルにはいつの間にか3〜4層のりっぱなウェディングケーキが置かれている。招待客がほぼ全員揃った頃、庭の片隅からお馴染み、メンデルスゾーンの結婚行進曲のメロディーが流れてきた。

そこへ再び新郎新婦が仲良く手をつないで登場、合図と共にブーケが放り投げられ、歓声の中でケーキカット。オルガン演奏はピアノ教師のクリギーのお母さん、との紹介に、上品そうな金髪の婦人が立ち上がってにこやかにお辞儀。

両親の愛情を一身に受けて育った一人っ子、クリギーの家庭的背景に想いを馳せながら頂いた、幸せもクリームもたっぷりのケーキで胸焼け寸前！


薄暗くなり始めた20時頃、レストランの中に移動。ホールには純白のテーブルクロスに豪華な生花の飾られた8～10人掛けのテーブルが並び、手作りの名札がセットされている。

メインテーブルを挟んで右側には「クリギー」サイドの、両親と小さい子供を入れたオランダ人の親類グループ。

左側には趣味や仕事の友人・仲間の若者グループ。息子や娘たちはこの新郎新婦を囲んだテーブルのどれかが指定席のようだ。

私の席は、メインテーブルの「オリヴィア」サイドのいわば「長老席」の端っこで義母と向かい合わせで双子の妹のエリカ夫妻と続いている。

長いテーブルの奥の座長席には勿論、クリスチャンが納まっている。真ん中あたりに「ダンスのお祖母ちゃん」とその娘たちと婿たち。

クリスチャンの右斜めにマギーとベアトという座席指定に内心「エーッ！」となる。

離婚して既に30年近くが経ち、わだかまりはないかも……だが、もし、自分だったら、何だか落ち着けない位置。最初の夫と今のパートナーの間にピッタリ挟まれた席ではリラックスなんて無理だ！

ついでに言うと、すぐ隣のオリヴィア達を囲む若者のテーブルには異父弟のベンジャミンも座っている。

つまり、マギーは伴侶No.1とNo.3の間に座り、Nr.2との息子もすぐ隣の席にいる、という……自身の波乱万丈の半生の縮図のような座席配置という訳。

そんな中で、何の違和感もなさそうに、今宵の「花嫁の母」という栄えある役を嬉しそうに演じているマギー。いや、むしろ、だからこそ感慨もひとしおなのかもしれない。

招待客の誰一人、この状況を私のような思いで観る者はいまい……多分。

今日日、ペアの付いたり離れたりは日常茶飯事、その結果のモザイクファミリーは何も驚くには値しないのだから。

家政婦等のパートをしながらの子育ては並大抵の事ではなかったと思う。それでもマギーは自分の意志を貫いて健気に頑張っていたが……。

6年後、同じく離婚歴のあるエルンスト（No.2）と再婚して長男ベンジャミンが誕生。やっと厳しいシングルマザーの生活に終止符を打ったかに見えた再婚だったが、最終的には「オリヴィア」という連れ子の存在に問題が集約された形で13年後、再び離婚。親の都合で振り回される子供の立場は気の毒としか言いようがないけれど、結果的にはそんな試練がオリヴィアを鍛え上げたと言える……かもしれない。

ベンジャミンという小さい弟が加わり、家の中はさらに複雑な雰囲気になったが、オリヴィアには、パパ、クリスチャンというもう一つの居場所があったのが幸いしたのだろう。多感な思春期も折れることなくクリアーしたようだった。

(4)

前菜が行き渡ると、周囲の面々と乾杯してディナーが始まる。ざわめきの中メインのローストビーフや付け合せの野菜が次々に出てくる。

テーブル席の反対側のスペースでは同時進行で余興が始まった。新郎のお父さんのスピーチを皮切りに、出席者の自由参加で様々な演目が披露される。

「新郎新婦のことをあなたはどれだけ知っている？」という定番のペーパーテスト、成績発表と賞品授与に続き、手品ありゲームありでアルコールも入って宴会は次第に佳境に。

そんな中で母親のマギーとパートナーのベアトが登場。いつの間に用意したのか、足元には中身の詰まった買い物袋が数個。

「これは何?」という商品当てクイズだ。マギーがテレビのCMを真似て面白おかしく読みあげる、いち早く正解した人にアシスタント役のベアトがそのグッズを渡して回るという他愛のないゲームだが中々の盛り上がりに二人は声を張り上げ頬を紅潮させている!

因みに、彼らは入籍はせず7~8年前から一緒に暮らしている。ベアトは二年前に定年退職して悠々自適、時々ヴォランティアに近いアルバイトをする程度で「老後」を楽しんでいる様子。首都ベルンに離婚した元妻や成人した娘がいるが、娘との関係はごく普通だという。

そんな彼らのあっけらかんとした合理精神、割り切りの良さ、そのエネルギーに改めて脱帽! などと感心しているうちに、プログラムは進んで行く。

真夜中近く、地下のディスコの部屋に移るよう案内されて、義母を促しヨッコラショと立ち上がる。疲れ果てて退散したいのは山々だったが。

薄暗い部屋はすでにディスクジョッキーの喋りと音楽が渦巻いている。ミラーボールの下を目が回りそうになりながら、部屋の隅の椅子に辿り着く。

喧噪の中「帰りたい」とそればかり考えていると、息子がやってきて仮装舞踏会の写真を撮るからちょっと来て、と撮影コーナーへ。

変装小道具の箱の中から面白そうなマスクや被り物を義母と二人は選び、大袈裟な表情でピースサインをしながらそれぞれ撮影終了。写真は即、現像されて、部屋の隅に洗濯物のように吊るされている。まあ、しかし、次から次へと、よくぞここまで、という盛り込みよう！

それなりに要望に応えていた義母も、夜中の一時頃になるとさすがに「帰りたい」と言い出してくれた。それを潮に義妹夫婦の車で送ってもらう事になりホッとする。

パーティーは夜通しで、娘たちは明け方に帰宅し、遠方の人達はそのままホテルに泊まった由。


昔日の自分の結婚式を初め、義妹や従兄弟達や友人達の、身近なスイス人の平均的結婚式を見てきたが、これ程盛り沢山なフルコース結婚式はちょっと思い当たらない。

尤も、この10年余りは式に招待される機会もなかったから、時代は変わったと言われればそこは何とも言えないが……。

何事においても合理的で現実的なスイス人気質として空疎な見栄や意味のない無駄遣いを嫌うところがあるので、結婚式などもあまり華美にならず実質的だが、決してケチという訳ではなく、自分の価値観に見合う内実があればその出費は惜しまない。

日本のような「結婚式ビジネス」はないし、親の資金援助も普通は考えられないので、全ては自前の自作自演の〝手作り〟となる。ついでながら招待客からの「お祝儀＝お金」の習慣もない。その代りお祝いの品はホームページに載せられた希望品リストから選び、クリックするだけ……というムダもストレスもない究極の合理主義！

一方で時間をかけて計画を練る。様々に趣向を凝らして自分らしさを演出し、人々の記憶に留まり話題になるよう知恵を絞る、というやりがいのある一世一代のプロジェクトなのだ。

太陽に向かってスクスクという向日葵のようなイメージのオリヴィアだが、決して単純ではなかった生い立ちの中で育まれたのだろうか……〝一生に一度だけのこの日のため！〟という並々ならぬ想いがビンビン伝わってくる。

そんな感想を半ば感動のうちに口にすると横の義母が即、反応して曰く、

「アラ、二度する人もいますよ」と、自分と相性の悪い娘のマギーのことをチクリ。イジワル婆さんのような辛口。そんな彼女の席にもオリヴィアは潮時を見ながらやってきて

「どう？　お祖母ちゃん、楽しんでる？」と肩に手を回して親密に話かける。今日の宴のホストとしての気配りを忘れない。

人形のように着飾って座っているだけでは盛り上がらない。勿論、進行係はいるが、本来の主役である二人は常に客の中を動き回っている。これだけの人数をこんな長時間エンターティンするのは並大抵ではないのだ。

「結婚式新聞」と銘打った小冊子が食事のメニューとセットになって一人一人のテーブルセットに飾られていた。めくってみてビックリ。自分の写真もページの中に「オリヴィアの叔母」とメモされて納まっているではないか！　招待状の中にあった例のホームページから事前に集めた寄せ書きや思い出の写真で構成されたもので、息子が対応したものだった。ホームページそのものも実は自分たちの手作りだと、つい最近息子から聞き、只、只、只、「へぇー」と驚くばかり。息子は、そんなに難しい事じゃないよと言うけれど……。

一週間後、マギー&ベアトにお茶によばれてお宅を訪問。私の素直なオリヴィアの結婚式の感想を伝えると、まるで自分が褒められたように大喜びして、一大事業をやり終えた気分よ、と言いながら、あの黒人歌手の歌声をスマホで再生してみせる。この歌手はオリヴィアが偶然どこかのイヴェントで聴いて気に入り、出演交渉をしたと聞き、その細部に渡るこだわりにと熱意に又、又ビックリ。

2か月後、お祝いと出席への感謝状が届いた。「家族と友人がいなければ……」という文面はあの挙式に完全にフィットしていて「ウンウン」と一人で頷いたのだった。

II

２００２年４月～２００９年７月

スペイン視察旅行記　2002年4月28日〜5月4日

〝ケアチーム・ジャパン〟という邦人相合援助のNPOを発足して間もない頃、会長（MBAの桂さん）や副会長（医師の真理先生）に同行した時のレポートをそのまま転載します。
http://www.careteamjapan.com/

目の眩むような陽射しのアリカンテから五月とはとても思えない寒い雨の降るこのチューリヒに帰って早二日がたってしまいました。

同行した桂さんや真理先生からのご報告に付け加えて　私は私の見た、そして感じたスペインをお伝えしようと思います。

桂ファミリー（＋ご主人とシャネルちゃん）や真理先生より一足早く友人を訪ねてマド

リッドに三日滞在。

実に26年ぶりのマドリッドは変わったのかそうでないのかさえわからない程、記憶から消えていました……プラド美術館とその近くにあった大きな噴水を除いて。

町は思ったより清潔で電車やトイレなどもほとんどチューリヒ並み。友達からここは治安が悪いからあまり一人でウロウロしたらだめ、バッグはいつも気を付けて……と注意されていたけれど 外観はパリやロンドンの感じだし、人々の服装も都会的で洗練されていて、汚いとか危ないという思いは全くなし。

一人で居酒屋に入って、タコの酢の物やオリーブをつまみながらビールを飲んで疲れを癒したり、お土産物屋さんをのぞいたり……結構 一人旅の醍醐味を味わった次第です。

友達はみゆきさんといって一年半前までスイスに住んでいた人。スペイン人のご主人の仕事の関係でマドリッドに落ち着くつもりで家を買い、10歳と8歳の男の子とゴールデンレッドリバー犬と住んでいる、とても趣味の多い楽しい人。私とは日本人学校やピアノ教室で知り合いよくおしゃべりをしていた間柄。

マドリッドには日本人学校も色々なクラブもあるが、町自体があまりにも大きすぎて友達と気軽にお茶を飲みに行ったり、車でちょっとコンサートとかっていうのがなかなかできないと言っていました。

ご主人は一頃の日本の企業戦士顔負けのスケジュールで働くビジネスマン。都心から約40キロ離れた自宅から車で通勤しているが、毎朝1時間半渋滞の高速道路を走るとのこと。スペイン人だからのんびりシエスタなんて想像していたら認識不足もはなはだしい。ハイテク産業に国境なんかないこの世の中なんだと、あらためて思い知らされたのでした。

そんなに忙しいのに 私のために空港送迎、日曜日だったので市内を車で案内して下さったのですが、さすがにある美術館に行った時は〝子供たちと外で待ってるよ〟と言って別れたが、二人が一時間余りで出てくると ベンチでグーグー 、シエスタの真っ最中でした。

アリカンテでは先に到着していたみんなと合流し、スイス、ユラ出身のダニエル氏のガイド通訳で早速視察が始まりました。

まず案内されたのは町の中にあるスペイン人だけの小さなペンションョン風ホーム。

オーナーのおばさん、〝私はここで生まれ育った、いまも住んでいる自分の家〟と言うだけあって、隅々まで手入れの行き届いたアットホームな雰囲気。住人達の部屋やシャワー室なども見せてくれた。

コンパクトで清潔という印象。レセプションや階段の空間には、造花ではあるが色とりどりの花が飾られている。

真理先生によると、日本のホームではまずこういう余計な物は置かない……壊される恐れがあるし邪魔だからという管理側の観点から。

皆毎日シャワーを浴びさせるというだけあってあれだけの人数（30〜40）が狭いホールに〝ひしめいて〟いるにしては何の異臭も病院独特のニオイもしないのには私達三人は一様に感心。

ホールは外の陽射しを遮るためカーテンが引いてあるのでうす暗ーい。住人達はこざっぱりした身ずくろいでそれぞれの場所を占めているが隣の人とおしゃべりをする様子ではない。

ホールの高い位置にテレビがついているが誰も集中して観ている訳でもない。

パーキンソン病風のおばあさんがずっと同じリズムで手を小刻みに動かしている。その隣の車椅子のおばあさんは自分のおでこを平手でぽんぽん繰り返し、繰り返したたいている。

多分昨日もおとといも同じだっただろう、そして明日もあさっても……こんなに沢山の人がいるのにとても静か。

私達が入って行った時だけ一瞬ザワッと空気が動いたが、すぐ又もとに戻って一様にうつろな無関心なまなざし。

そばを通りかかったので一人のおばあさんに握手をしようとして無視されてしまった。

次のおばあさんは握りかえしてくれ、〝ファミリア　ファミリア……〟とすがるように言うので何だろうと、オーナーにガイドさんを通して聞いてみると、〝自分の家族がどうしているか、元気か知りたいようだ〃と言われ胸が痛む。この人にとってたった一つの心の支えなのだ。

この同じ雰囲気どこかで見た、それもつい最近……と思い巡らしてたどり着いたのがその前日プラド美術館で観たゴヤのあの暗い墨絵のような一連の作品群（後で調べてみると、サンイシドロの祭りや魔女の集会 etc.…）だった。

この人達だって、かつてはラテンの血が騒ぐカルメンやホセだったはずなのに……灼熱の恋に身を焦がしたこともあったろうに……と思うと人生の儚さにすっかり気が滅入る。

真理先生と違って、私の老人ホーム訪問はスイスの賑やかな白いイメージのカフェレストラン位までなので、この空間はショックでした。

〃ここはとてもいい方よ。日本のホームは（同じレベルで比べて）もっと悲惨です。コストの面から手入れが行き届かなくて不快なニオイが漂っている。個室なんてとても望めない。二人部屋ならまだしも六人部屋なんて普通です〃との真理先生のコメントでした。

翌日に訪れたホームは前日のそれとは極端に対照的でホームというよりその名のとおり＊＊＊レジデンスで市内から数10キロ離れた郊外にたつモダンな5スターのホテルと言ってもいい構え。

さんさんと陽の降り注ぐ入り口や中庭の木々花々、手入れが行き届いて気持ちがいい。経営陣が変わったばかりで只今改装中と若いビジネスマン風の所長と秘書がにこやかに応対。

元々病院だったところをインターナショナルな老人ホームに改造している途中なので入居者（患者）は今の所（120床のうち）40人。個室、病院、リハビリの設備も完璧で一見したところ非の打ち所はなさそう。

入居費もスイスと比べると半分以下で魅力的。私達ケアチームのニーズにも積極的に協力を惜しまない姿勢を見せているものの……話している間中ずっと気になったのは この所長の"business""our company"の連発。果たして私達の真意が彼に伝わったのかどうか……。

そこを辞した後、ランチの時、ガイドのダニエル氏が珍しく〝僕だったら絶対あそこには住みたくない。設備は完璧かもしれないが、人の心が感じられない、暖かさが感じられない〟と強調。

みんなも同じ思い。でも末期のアルツハイマー患者や全く一人では何もできなく外とのコンタクトもなくなりスイスで入れそうなホームもない場合の可能性の一つというのは真理先生の結論。

私達が泊ったのはTorreviejaというアリカンテの南約45キロにあるリゾート地。けがの後、転地療養を余儀なくされて10年前からこの地に暮らすようになったダニエル氏のご両親のお宅は私達のホテルとは目と鼻の先。

最後の夜にアペロに招待していただいたのでした。このあたりは高級住宅地らしく、思い思いの趣向を凝らした家々が並んでいる。

萩の武家屋敷なんか思い出した、白塀に瓦のようなタイルが乗った囲いがとてもジャパネスクな感じのするその家のベルを押すと、さっきまでいっしょだったダニエル氏が、今度はネクタイをはずしたリラックスした笑顔で迎えてくれた。

門扉のむこうには青い水をたたえたプール、反対側には巨大な棕櫚の木が敷地いっぱい枝を垂れている。ウィンターガーテン風テラスに案内されてシャンペンで乾杯。

まだ59歳というお父様、62歳の上品なお母様の心のこもったスイス風アペロを囲んだのは、桂ファミリーと私達、この土地の有力者で陶器（風呂やトイレ）販売業のおじさん夫婦（彼はこの日、前述の郊外のホームやアリカンテ市内見物に早朝から自分の車で案内してくれた）。

フランス語だけのご両親、スペイン語だけの有力者ご夫妻、私達とは英語やドイツ語と4つの言葉が飛び交い　シャンペンの回ってきたダニエル氏の頭の中は時々回線が混乱してオーバーヒートが危ぶまれた！

その資金的バックグラウンドを知る由もないが　働かなくてもこんな優雅な生活ができるのは羨ましい限り。

だが果たして私がこの生活が欲しいかと聞かれると……即答できない。夫婦だけで完全な世界を持って、静かに音楽を聴いたり、本を読んだり、趣味の絵を描いたり……で満足できたらいいけれど……。

年を取ってから生活の場を……特に言葉の通じない所へ移すというのは誰にとっても大変な決意のいることであろうと思った宵でありました。

帰路はそれぞれ別々のフライトだったので、朝食の後みんなと別れて一人でホテルの周辺、海岸をブラブラ散歩したりして昼前にチェックアウト。

時刻表より15分も遅れてやっと目指すアリカンテ行きのバスが来た。2時間程走って市内に着き、さらに空港行きに乗り換えて、五時半の出発まで丸一日コスタ・ブランカを見物したことになる。

至る所同じ色、形の家が建てられ一言で言うなら〝乱開発〟の印象は拭い去れません。特にスイスの景観に慣れ親しんでいる我々の目には緑が少ないし、水が足りないと思えてなりません。

ところが不思議なことは前日に見た生鮮市場の野菜や果物のみずみずしさ、種類の豊富さ、全体的にドカッと豪快なこと。

ほんの少しの例外を除いて あれは全てここの産物とのことだったので 随分色々工夫努力をしているのでしょう。

海産物の豊かさは 私の知る限りでは ここは日本の市場以上。マドリッドのみゆきさんもその点については満足していると言っていました。

途中にあった自然保護地区 は渡り鳥が北ヨーロッパやアフリカに飛ぶ時の中継地。フラミンゴや名も知らぬ水鳥が群生してその優雅な姿を見せている。開発地域とは別世界の幻想的美しさで旅人の琴線に触れ、しばし詩人の心にさせてくれるシーンと言えましょう。

ホテルの近くのバス乗り場でいっしょになったドイツ人夫婦と話してみる。2年前ここに別荘を買って住んでいる。リタイヤして……3ヶ月はフランクフルト、あとの9ヶ月は太陽を求めてここにいる。

あと一週間もすると車で（18時間かかる）ドイツへ帰るとのこと。で、今日は車なしでアリカンテ市まで行ってみることにした。というのも、どこに行っても駐車するのが一苦労だし、止めたら止めたでそこから出られないこともあるし……と嘆いていました。

私達もその2日前ムルシアという古都観光に行った時、デパートの地下に駐車して、もう一足遅かったら出られなかった……（スイス人からみるともう止める場所がないのに彼らはどんどんくっ付けて止める——ギアをNにして！）という経験をしたばかりだったのです。

もう出来上がった古い町はまあしょうがないかと納得もゆくが、新しい開発地も道路や駐車のスペースがないがしろにされているように思えて、やっぱり〝乱開発〟のイメージは消えません。

アリカンテで空港行きのバスに乗ろうとした時のことです。ついに出ました!!! スーツケースをどっこいしょと持ち上げようと、そっちの方に気を取られていた時、あまり人が並んでいたようでもないのになんだか必要以上に押してくるなと思った瞬間、リュックサックのファスナーの開けられる音がしたのです。

とっさに振り向いて大声で、〝泥棒ッ ちょっとオー 何すんのよー〟と叫んだのです。サングラスの髭をはやした浅黒い肌のアラブ風の2人組みの男、バスに乗る風を装ったのに 私に大声で叫ばれてそそくさと逃げて行った！

運転手や近くにいた乗客からよくやったゾというお褒めのまなざしで迎えられた次第ご想像あれ。とはいえ心臓はかなりドキドキでした。

あれほど気を付けなさいと言われていたのにそんな目には遭わなかったし、最後の行程で気が緩んでいたところだったので、まるで冷や水をぶっ掛けられた思い。再び、気を引き締めて初心に帰った次第、ここにご報告申し上げます。

最後になりましたが、旅の間中ずっとレンタカーを運転して、私達女連中の身勝手な要望にいやな顔ひとつせずお付き合い下さった、桂団長のご主人のハンスペーターさんにこの場を借りてお礼を申し上げたいと思います。本当にご苦労様、そしてありがとうございました。

断食道場体験記 信貴山にて

２００３年10月13日〜21日

そもそもの始まりはある雑誌で読んだ体験レポートだった。場所は伊豆で居心地のよさそうなペンション風の道場、なんだかとても身体によさそうだ、温泉に浸かってご馳走食べるばかりが心に残る休暇ではない。

それに何度やっても失敗ばかりのダイエットにもこの際、落とし前?をつけるべくいざ行きめやも！

早速インターネットで探してみるとそこはなんと何ヶ月先まで空きはなし。私と同様雑誌を読んだ人が殺到したのでしょう。

他にないかと探していると、大阪の姉の家からそれほど遠くないこの信貴山が浮上。ここは何度か食事をしたり、温泉に入ったりで馴染みの山だったが断食道場のことは初耳だった。

メールで申し込むといつからでも、何日でもＯＫ、という伊豆のそれと比べてあまりにも簡単なのが少し不安。

一体どんな所だろう、おかしな所でなければいいが……など逡巡しながら辿り着いたのは総本山のある広い境内やお土産物屋が並ぶ明るい通りからさらに奥に入った薄暗い谷間の狭い敷地に立つ道場だった。

あたりは鬱蒼とした昼なお暗い竹やぶ、日が翳ると魑魅魍魎が徘徊しそうな、ゲゲゲの鬼太郎が潜んでいそうな雰囲気の弁財天の滝への入り口近く。

受付で登録をすませ、８泊分の前払い（１泊６８００円）、現金は１円まですべて預けさせられて領収証を受け取った時不安はさらにつのる。

作務衣の修行僧風の係りとの短いやり取りの後、仏堂の横の廊下を横切って別棟にある部屋に通される。

寒々とした簡素な４畳半のなかには布団が一式隅に積み重ねてある他はミニの文机と電気スタンドがあるのみ。

この布団がもしや江戸時代のもの？と思われるようなせんべい布団で重いのなんのって……特に断食で体力のない身には寝返りうつにも気合いをいれなくてはという代物でいやはや修行とはいえわざわざお金を払ってこんな所に来た自分を呪ったのだった。

但し、シーツは清潔で電気あんかもあり。テレビもあり1日200円でレンタルすることにした。

本を何冊か持参した。仏堂の横には備え付けの本棚にいくらかの本もあるのだが、部屋で静かに読書するには寒すぎる。

日本家屋特有の通気の良すぎでその結果、内も外も同じ温度、とくに高い山の中とあって日が落ちると冷え込みは一段と厳しい。

道場案内を読んだ時、ヨガだ気功だハイキングだというのがしっかり頭にあったので、Tシャツやトレーニングウェアーを持参したものの、まさかスキーウェアーの方が正解だったなんて行く前は思いもよらず。実際宇宙服みたいなアノラックを着こんだ女の子がいた！

4日後、姉のところに寒さ対策の綿入れやセーターを借りに行くべく仮出所。滞在途中でここを出る時は、正式に届出をして交通費等の仮払いをしてもらうのが規則。遠出をするのはへたり込むように辛かったのだが、一日があっという間に過ぎ何もないでただじっと空腹と戦うよりは精神衛生上よかったと言える。

長期滞在の人たちはバスと電車を乗りついで最寄りの王寺市までちょくちょく出かけているようだった。

その2日後も、独りで片道一時間あまりの法隆寺まで観光にでかける。仲間を誘ったけれども、そんな元気のある人は皆無。

ダイエット志望の若い女の子たちが、半病人よろしくうつろな目をしてひざ小僧を抱えているのを尻目に、私はおばさんパワーを見せんと見栄を張っていざ出陣！

そこまではよかったけれども、その日下界は真夏のような炎天下、陰をさがしてはヨタヨタ休み休み、口にするものといえばペットボトルの水のみの5時間余りの強行軍。

それでもすべての行程を終えて無事帰館し、かろうじておばさんの面目を施したのだった。

この時ばかりは氷河のごとく凍結した体脂肪がついにじわりじわり溶けだしたという実

感がありフラフラしながらも自虐的快感に浸る。

これは断食も後半だったからできたことで、前半は絶対に無理だと思う。というのはこの頃になると頭が食事をしないことをすんなり受け入れているので外界に出てもそれ程の誘惑を感じなくなっているのだ。

そういう訳で2～3日の断食が一番辛い。さあこれからやっと楽になるという時に止めてしまうのだから。その後のリバウンドだって大変だと言える。

人間の心と体の不思議。こうして丸1週間1日たった2杯のくず粥で生きていられることにすっかり感動してしまう。

それも適度の、否割とハードな運動をしながら！　ということは日々人間はなんと不必要な食べ物や嗜好物を大量に体に入れていることか！

お腹はもう十分なのに頭がもっともっとと要求してくる。この暴君に振り回されて、そしてそれが生活習慣となっているのだ。

気がついたときは肥満、高血圧、糖尿病、痛風、アトピーやその他様々な問題が山積みという訳だ。

さて、ここでの生活、ホテルで休暇をしている訳ではないので、朝は7時に起床のアナウンス。

洗面を済ませ、部屋を片付けて、7時半の朝の勤行に参上せよとのお達し。共同洗面所のステンレスの流し台には冷たい水道水だけ。お風呂は一日おき。

快適な娑婆の生活に慣れた身にはいささか不自由を感じるけれど、これも修行と納得すれば次の日からは水の冷たさに身も心も凛として引き締まってくる。

仏堂は居間にもなっていて祭壇や仏像や木魚その他の飾り物が置かれている反対側にはテレビがあり、新聞や雑誌があって部屋から出てみんなとおしゃべりしたいと思えばここに集まる。

到着した日の夕方挨拶しようと中を覗いて驚いた。一瞬高校生の合宿かと思った程、若い女の子たちがワイワイ、キャーキャーお喋りに興じている。

仏様の前でお行儀悪くてバチが当たらないかと思ったくらい賑やかなのだ。お陰でさっきまでの不安は雲散霧消。

すぐに輪の中に入れてもらってそれぞれ自己紹介と何の目的で来ているのか教えてくれる。

20代の女の子達はダイエットを目的に広島、埼玉、滋賀、奈良、大阪などから。中にはリピーターもいる。

彼らの話題はケーキの作り方とかどこそこのナニが超おいしいとか、ここを出たら一番最初何を食べたい？　などと〝クロワッサン〟や〝オレンジページ〟をめくりながら、わざと自虐的に？食べ物の話ばかり。

すぐにリバウンドなんて悲劇にならなければよいが、と他人事ながら先が思いやられる。

お膝元の奈良から主治医に薦められて来たという夫に妻が同行のカップルは何でもいっしょにする日本人には珍しい仲良しの中年夫婦でお揃いのセーターが印象的。

私と入れ違いになったが4泊5日の滞在効果を尋ねると〝とても良かった。楽しかったし、宿便もすっきり取れて体重は3キロ減った。又暇を見つけて来たいわ〟とすこぶるご満悦。

横浜から来たという30代半ばのお寺の坊さん……（とはいえ、トレーナーを着た小太りの若者は、そうは見えないが）お寺が改築中で、その間ここで断食ということだ。

医者に職業を変えなさいといわれた程の酷い薬品かぶれ、体中の毒素を出し切るまで断食するという意気込みのまだ25歳の美容師さん。

私より後から入場した72歳の会社の社長さんは30年来のリピーターで大体週末をここで過ごす、下界に帰った時の日本酒の最初の一杯がなんともいえずうまい、自分はそれが楽しみでここへ来るのだよと正に七福神の神様みたいな好々爺の笑顔で語る。奥さんは？と聞くと以前、何回か一緒に来たが彼女にはつまらなかった。それで今は別々。奥様にとってもいい休暇だそうだ。めでたし、めでたし。

愛媛県からしまなみ街道を走ってきたという60代の地方紳士、これで3回目の入場。ここに来るたびに体調が良いのですよ、と言いながら皆に名刺を配って、是非遊びにきてくださいとライオンズクラブからの地方振興のPRもきちんとこなし（やはり本領は下界にあり！）そつがない。

多分今頃は大阪の姉宅（日本での仮住所）へ私宛の愛媛みかんが届いていることでしょ

う。

私の2日後に来た47歳の女性、居間に入ってくるなり疲れきった様子でまるで住み慣れた実家にでも帰ったようにリラックスして〝何とかしてこのアルコール依存症を打ち切りたいの、だってね一晩に1・8リットルのワインを一人で空けるのよ。それだけならまだしも、飲んでいて、この間は無意識のうちに万引きしそうになって警察のご厄介よ。本当はタバコも絶ちたいけどね……〟と初対面の人々の前で事もなく自分をさらけ出すのには度肝をぬかれた！

人それぞれの背景とストーリーがあって何だかドラマの中にいるようだ。ここはそういう所なのだ。

一人一人が自分の宿題を抱えてそれを何とか解決しようと取り組む場所。宿題の中身はそれぞれ違うが、共に朝の勤行に集まり、般若心経や静座の辞、断食の訓を唱和し、共にプログラムされている一日の行をすることによって自分自身と向き合う所、つまり心身の大掃除施設と呼ぶべきか？

7日の完全断食なんて、私の人生で前代未聞の出来事。普通は決して出来ないが、ここだと出来るのだ。

他の人も淡々と（外見は）やっているし、もう2週間も続けている強者も目の前にいるではないか。

中でも二日目は最悪で頭は食べ物のことばかり。8日もここにいられるだろうかと随分気をもんだのだった。

なにしろ、散歩道にあるお土産屋さんのお大福の美味しそうな事ったら……ヨモギ団子の緑の色艶の芳しさったら……一個のパンを盗んで牢屋に入れられた（ああ無情の）あのジャン・バルジャンの空腹との戦いが骨身に沁みたひと時！

ただ違うのは、彼は断食のための空腹ではなかったし、それに私には同様に空腹の同行者が何人かいたってこと。

三日目あたりからは頭の中のモヤモヤが晴れて（依然として軽い脱力感はあったが）さあ山登りでもジョギングでも来い！　受けて立つぞって気分。

諦観と言おうか、頭の中の暴君を追い出したら脳内モルヒネ?がジワジワ分泌してきた感あり。

こうなると朝の散歩もその辺をちょこっと歩くのでは物足りず、わりと元気な広島から来た26歳の介護施設で働いているという女の子（前出の2週間先輩）と遠くまでよく歩いた。

彼女は若者の中では断食に取り組んでいるのが際立って印象的で覇気を感じさせ、会話をしても骨があって結構面白かった。

今の職場を辞めて次に行くまでの間、どうしても心身を改造したいと健気でした。

話を聞いてみると両親もここのリピーター、自分は初めてで1ヶ月の予定との事。結局3週間で当初の目的を果たして私より先に出て行った。

出て行く時、こぼれるような笑顔でみんなのいる仏堂に、いまだに値段のタグつきのジーンズをピチピチに着て現れ〝見て!見て!　このジーンズに入るのが目的だったの!3週間の間ずっと部屋につるして眺めていたのよ!〟との成果報告にみんなで拍手し、なんだか涙ぐんでしまう。戦友が一人去った心境。

断酒が祈願の彼女とは年齢的にも母親としての共通点もあって一番よく話した。職業は看護婦で勤務時間が不規則になる。

夜勤あけにどうしても飲まずに眠れないと悩んでいた。意外にもスポーツウーマンで昔は器械体操をしていたというだけあって、ヨガではその身体のしなやかさでみなに目をみはらせた。

私もここにいる若者よりもずっと柔らかいと感心されたが、彼女が現れて一挙にかすんでしまう。

聞けばハイキングや山登りによく行くとの事。スポーツへの興味は並ではなく、離婚して息子を2歳の時から1人で育ててきたが、その息子を、高校生の時、1年間ブラジルへサッカー留学させた熱血ママだった！

朝飯前に境内の一番上の空鉢さんというお参り所まで何百もある階段を、我々二人はおばさんパワーを発揮して約20分で登頂。そこへ、一緒に登るというだけでも見上げたものだ、と思った若者3人が、後ろから休み休み追いついて来る。それを余裕で眺める優越感。

朝の境内は観光客もなく、朝日を体いっぱいに浴びながらあちらこちらの神様にご挨拶、お掃除のおじさん、係りのおばさんに声をかけながら歩くことのなんとさわやかなこと！これを最後の日までの日課にして実行する。

朝の勤行に話しを戻すと、最初のうちは、手渡された紙に書かれていることの意味を考えていたが、三日目辺りからは〝意味には意味はない〟とただただ無心に発声。

これって呼吸法の一つなんだと一人で合点。前出の作務衣の僧？（黒子のように、忍者のようにいつもその辺にいるが、彼は人の輪に入ってこないし、必要以外口をきかない。別に人間嫌いとか不機嫌とかいうのではなく浮世離れしているという感じ）が先に木魚をたたきながら朗々と詠みあげ、その後を皆が追従。

そしてそれは初心者にはかなりきつい行だ。30分も空腹のお腹から声を出しているとへとへとになる。

その後、今日の作業の分担が発表される。20分程度のトイレや廊下の掃除。終わると仏堂に梅干ししょうゆ番茶が用意されて、やっと何か固形物（梅干し）が口にできる至福の時だ。１杯の番茶がこんなに有難いなんて飽食の下界では想像を絶する。

9時から朝食の10時までは散歩の時間。コンデイション次第で様々なコースがあるが初めのうちは先客たちに案内されてすぐ近くの湖や沿道のお土産屋をのぞいたり。しばらくたって回りの様子がわかるとすでに書いたように私はお寺の境内へいくようになる。

さて10時の朝食。一人一人断食のプログラムがあるので一様ではない。と言っても大したことではないが、例えば、前出の好々爺と地方紳士は5分食で玄米菜食を普通の半分位の量。

すでに2週間先輩の例の頑張り屋の彼女は半断食といって玄米ご飯にゴマ塩をお茶碗の3分位。残りのメンバーは本断食なのでくず湯をお茶碗に1杯か、または好みによって豆乳や具のない味噌汁というバリエーションも可。

砂糖や化学調味料は一切使わず、だしは昆布としいたけで。この1杯を大事に大事に抱えるようにして食する。食べると言うより飲むと言うべきか。

道場は正食という一般にはマクロビオティックとして知られる食事法を推進しているの

で当然、出される食事は玄米ご飯と裏の畑でとれた季節の野菜が中心。

大半の人は断食中なので、ここの食事を経験するのは実質最初の晩と出所する日の2回だけ。少しずつ普通食に戻すため、前日はおもゆになり、最後3分食となる。

誰か新入があるたびにそのお膳をしっかり見ているので毎日のメニューがよくわかる。そしてそれが食卓での最大の話題となる。

最初の夕食のとき、出された食事をしようとしたら、みんなにじっと観察され、微にいり、細にいり、コメントされるのに閉口してなんか食べ難かったが、次の日から自分も新入の人に同じことをしていた。

勿論、希望によって3分食、5分食、7分食、普通食も可で費用は同じ。毎日、健康講座というプログラムがあって、放送かビデオで観ることができる。

主にマクロビオテイックに基づいた料理法とか病気治療についてだ。理想ではあるが、実生活においてはよほど切羽詰った事情でもない限り、遂行するのはむずかしそう。

特に外国にいては材料が手に入りにくい。それでも少なくとも玄米ご飯くらいはやってみようと思う。

60代半ばくらいの女性道場長の肌のお年とは思えない程、白くシミ一つなく美しいことがその正当性を証明していると言えそう。

ヨガも指導されたのですが、その身体のやわらかくしなやかなこと。一朝一夕ではなし得ない長年にわたる日々精進の賜物でしょう。

という訳で、読者の皆さんの最大の関心事は、私の体重が何キロ落ちたか？　でしょう。注意書きに従って、入場日からかなり減食していったのでその時点ですでにいくらか減っていたはずですがその上で計ったのと、最後の日の朝の差が4・4キロで、普通食に戻り2キロが戻って3週間たった現在マイナス3キロを維持中！

気のせいか少し胃が小さくなった感じ。あれからご飯のお代わりがなくなったし、脂っこいものを食べると、もたれたように気持ち悪い。

砂糖を止めたらこの世の80パーセントの病気が無くなると豪語するほどの正食の教えですが、残念ながらこれはやめられそうもありません。

そこまでストイックになるつもりはないし、せいぜい工夫してケーキのかわりに和菓子にする位かな……。

大阪の姉がボヤイて、曰く、〝変わった子や。遠い外国からわざわざ飛んできて、美味しいもんも食べんと、よりによって断食やなんて……ホンマニアホトチャウカ〟。

……私が彼女の立場だったら同じ事を言うでしょう。

今の所、美味しい物よりも魅力的な得難い爽快感をキープしているが、油断するとあっという間に消えてしまいそうな……。

断食道場という非日常の中で様々な人々と出会い、自分自身と向き合い、清々しい早朝の境内を歩き、お土産屋さんの軒先に並んでいた椎の実やギンナンの籠、夕日を浴びた柿の木や炎天下の法隆寺で見た樹齢何百年の老木の凄絶な姿に想いを寄せたひと時。

取り立ててどうということもない些事ばかりではある。カメラは持参しなかったが、見聞きしたそれらのイメージが脳裡に刻まれたことは確かだ。

沸説摩訶般若波羅密多心経………色即是空・空即是色…………朝の勤行の何とも説明しがたい調子、リズムと共にエンドレスに………。

カナダからの手紙

2005年8月1日

7月16日、トロントに飛び、市内のホテルにチェックイン、翌日、そこに駐在している甥とその家族を訪ね、彼の案内でナイアガラの滝を見物したのを皮切りに、家族4人でレンタカーでオタワ、ケベック、モントリオールというカナダの大都市そして森と無数の湖に囲まれたカントリーリゾートを2週間で廻りました。

ナイアガラの滝の聞きしに勝る雄大さは、水しぶきを浴びながら船ですぐ下まで近寄った時、映画〝十戒〟のモーゼ率いるイスラエルの民のエジプト脱出のシーンを彷彿させるスペクタクル!

ビジネス街トロントの摩天楼、オタワの露天市場の雑踏、ケベックの古戦場の丘から眺めたカナダの夕陽、モントリオールのオリンピックタワーから見下ろすセントローレンス川の悠久の流れ。

強い日差しのアウトバーンやカントリーロードを逃げ水に導かれるように走った距離は2300キロ。

途中、野生の熊に驚き、道を横切るビーバー、手を出すと餌を欲しがってやってくるかわいいリス達に歓声をあげ、地図にも載っていない幾千の無数の湖や池のたたずまいに目を奪われる。

意外だったのは田舎の方の家々のまるでレゴで作ったみたいなチャチなつくり。ちょっと強い風が吹けば飛ぶんじゃないかと思える、見た目に簡素なバラック風なのだ。あれで厳寒の冬に対応できるのだろうか……。


いずこも素晴らしかったけれど、何もかもがあまりにでっかくて（大地も人間も、食べ物の量も）ほとほと疲れました。

やはり、このチューリヒくらいのサイズが楽で暮らしやすい……という事を再確認。

新発見は大都市ならいたるところにお寿司屋さんがあり、日本より安く、勿論スイスの半額以下で量はでっかいカナダ人に合わせて私達には食べきれない程、種類も豊富でそれぞれのお店の趣向を凝らしたオリジナルなんかがとても嬉しい。

という訳で各地で寿司バーを捜すのが楽しみになった。板前やウェイトレスには中国系が多かったが、オタワでランチに入った寿司バーではたまたま日本から来て3年というウエイトレスと話す。

とてもスマートなので面白半分にこの食環境の中でどんな注意をしているのか、と尋ねると、実は来た当初は何も考えずこちら式に食べていたら3ヶ月で10キロ（！）太った、さすがに今はカロリーを意識してなんとか元の体重に戻したとの事。

以前アメリカを旅行した時もその凄まじさに目を瞠ったけれど、太った人のなんと多い事！　調べた訳ではないが、4人に3人はBMIでいけば基準オーバーの印象だ。

さらにその中の一人は超の付く肥満体。小錦風なのがユッサユッサと歩いている。

これはアメリカやカナダのどんな小さな町にでもあるマクドナルドやKFCに代表されるファーストフードの浸透、それを好んで行列して買って食べる人々の食習慣に根ざしているような気がする。

確かに口当たりがよく、美味しくて、早くて安い、場所を選ばないし、何より子供たちが好きなのでこのような旅行中には便利なことこの上ないのだが……。

このような食習慣を身につけた親に育てられる子供、さらにその子供の食文化は一体どういう道をたどるのだろう……などと、しばし、かの国の食文化の将来を憂えた次第であります（笑）。

言うまでもなく、ほんの短い期間の狭い範囲の見聞なので全く私個人の印象の域を出ないが……。

そんな中でSushiが健康食として注目を浴び、人々に馴染まれていくのは誇らしく嬉しい事だ。そこはチューリヒでも早くそうなってほしいところ（まだまだ高級のイメージあり）。

往復を利用したエアカナダの機内でのこと……帰路のエアバスで私達の担当だったスチュワーデスのおばさん（！）体重優に80キロはありそうな巨体、せまい通路を彼女がワゴンを押してやってくる度に、肘掛にかけて本を読んでいた腕を内側に引っ込めなくてはならない……という事態を生じせしめたのであるがそんな事には一向に意に介さない様子でデンとしているのだ。

スチュワーデス（今はフライトアテンダントと言うそうだ）と言えば私の世代では憧れの職業でまさに文字通り雲上の人でありました！

モデルのような八頭身を紺のスーツに紺キャップに包み、才色兼備の香しい微笑みを浮かべたイメージのエリート中のエリートだった！

それがエアカナダのおばさんときたら、まるで今、牛の乳搾りを終わったよとばかりにドタドタドタとブルドーザーのようにやってきて、使い捨てのプラスチック容器いりの軽食を配っていくのだ。

〝チキン？　それとも、牛？〟とせわしげに怒鳴りながら嗚呼、又してもこの国の行く末に絶望の瞬間だ（笑）。

あるとき普通のレストランでメニューカードに伊勢エビ29ドル（＝約29フラン）とあったので注文してビックリ、タジタジ！

なんとお盆のようなお皿から半割りにされたキングサイズのLobsterが巨大なはさみをはみ出さんばかりに盛り付けら、横にはペンチやノミ（！）状のナイフがセットされているものの、一体どうやってさばいていいものやら……。

ペンチで割ろうとするが、びくともしない、スパゲティやステーキを取った皆が私の奮闘をハラハラしながら観ている。

仕方なしにウェイターに頼んでやってもらうが、彼がエビのはさみを素手で握ってペンチでガガガと砕いてくれたが、下にあったご飯や野菜がぐちゃぐちゃ……なんだかもうそれだけでお腹一杯の気分なのだよ……。味付けも塩茹でしただけのあっさりしたもので、料理というには程遠い……。

私のカナダの印象はこのエピソードに尽きます。お料理も人間もダイナミックでこせこせせず、ダイレクトで大味。

最初のうちは〝おおっ〟と嬉しくなるけれど、そのうち飽きてくる。サラダなんか頼んだら、牛の餌（笑）じゃないんだよ！と言いたくなるようなカイバ桶のようなでっかいボールごと！　パンはまな板とバターのセットで、とにかく何でもキングサイズなのだ。

又ある時、夕食後散歩してしゃれたホテルのラウンジに入り、コーヒーを注文。そしたらまるでラーメンどんぶりみたいな器に並々と注がれたカフェオレにはゲンナリ……、トホホ。

勿論慣れない旅行者だからちゃんと意思疎通できなかったところはあるけれど……それにしても夜10時ごろ、コーヒー注文したら普通は普通のコーヒーよね（笑）

彼らが例えば、京都なんかの会席料理などを出されたら、一体何と言うだろう……と本当に興味津々。

日本やヨーロッパから行くとやはり歴史や文化が浅いという感じはひしひし。若者にとってはエネルギッシュで魅力的かもしれませんね。

行儀なんてうるさいこと言わなさそうだし、人々は裏表がなく親切そう。手付かずの自然が無限にあるし、景色はスイスに負けず劣らず素晴らしいそれでも、又行って見たいと思えないのは私の老いのせいかしらね……。

30数年前、22歳の私が初めて行った外国は実はカナダ、太平洋側のバンクーバーでした。むせかえるような緑に覆われた広大な敷地にたつブリティッシュ・コロンビア大学のキャンパスで青春の真っ只中にあり……と気分はちょっぴりセンチメンタル、ジャーニーのカナダからのレポートでした。

タイ旅行記

2005年10月21〜25日

〝見タイ！　食ベタイ！　遊びタイ！　ぜーんぶ入った大満足お任せコース〟というキャッチコピーにつられて今回は大阪から空路6時間、時差2時間のタイのバンコクへ3泊5日のパック旅行に一人で参加して参りました。

なんだってわざわざこんな遠くまで飛ぶのよ、と責める自分がいて、気持ちは弾まないスタートだったけれど……。

深夜到着、翌朝7時、迎えのマイクロバスに乗り他のグループの人たちと落ち合い、町の中心を流れる川を船でさかのぼっていくうちに、次第に心のモヤモヤが晴れてきた。

朝日の中のエキゾチックでエネルギッシュな水上生活の様子にすっかり目を奪われる。

遠くを見渡せば美しい寺院の尖塔やモダンな高層ビル、目線を落とせば汚いドブ川。

人々はここで洗濯も入浴もすればトイレの用も果たす。

飲み水は雨水を貯めているそうだ。両岸には今にも壊れそうな家々がびっしり張り付いていて、物売りが器用に小船を操ってやってくる。

川には水草のちぎれたのや、ゴムぞうりやペットボトルなどいろんな物がプカプカ浮いている。

これがインドのガンジス川だと更に死体なんかも浮いているのだろうな……などと考えつつ、水しぶきがかからないように注意する。

船着場に下りて40度近い炎天下あちらこちらの観光スポットを回る。いずこも極彩色のきんきらきんのお寺や仏像のまわりには写真をとったり、ガイドの説明を聞く観光客でごった返している。

前夜の睡眠不足で頭は朦朧としていたけれど、活気あふれる町を歩き、ホテルでバイキングのランチを取り、デザートにコーヒーでしめる頃には普段の調子を取り戻す。

午後は一路北へ。山田長政住居跡やアユタヤ遺跡への道はなんだか前世あたりに出会った事があるような懐かしさで心の和む田園風景だ。

夜のタイ料理はまずかったが、食後、案内された〝ニューハーフショー〟と銘打ったおかまのレビューが意に反してとても素晴らしかった。

ツアーのハイライトは何と言っても、翌日の都心から南へハイウェーを100キロあまり走った水上マーケットのコース!

生憎の雨の中、やしやマンゴーの木々の生い茂る細い水路をモーター付きの舟でしぶきをあげながら走る事30分。

両岸にはこんなところにと思うようなところで人々が生活している。軒下には洗濯物が吊るされ、朽ちかけた板を渡しただけの台には鉢植えの植物が所狭しと並べられている(ジャングルの中なのに!)。

ちょっと触れれば川に落っこちそうだ。こんなサーカスの綱渡りみたいな危なっかしい暮らしを人々は淡々と営んでいるのだ。

行き着いたターミナルのようなマーケットの中心は舟や物や観光客で足の踏み場もないほど。

日用雑貨品、農作物、民芸品、焼き物、タイシルクからブランド物のイミテーションに至るまでありとあらゆる品物が溢れかえっている。

値段はあってないようなもの、値切りの交渉がここでの買い物の腕のみせどころであるし醍醐味でもある。戦利品（？）の自慢話がそこここで聞こえて面白い。

次の日は夜8時半のお迎えが来るまで丸一日自由行動。昼前にチェックアウトしてから、ホテル内のタイマッサージとエステの出発前4時間のコースを予約してから、一人で町にでる。

お金の種類も分からないまま、最寄りのモノレールの駅へ。切符を買い地図を片手に、車中の人となる。

清潔で乗客は圧倒的に今風の若者が多い典型的都会の風景である。昨日のあのジャングルから車で一時間余りの距離とは俄かに信じがたい。

緑が美しいルンビニ公園で下車して公園を歩き、昨日行った繁華街を目指す。これでやっと異国に一人という旅人の気分になれた。

団体旅行は短い時間に効率よく見て回れる利点は確かにあるが、いつも管理されていて（当然だけれど）なんていうか、ハラハラ・ドキドキの旅の醍醐味みたいな気分が味わえない。

今回の道連れは女子大生3人、50代のおばさん2人、会社の同僚?の男性2人連れという組み合わせ。

おばさん達とは移動の車中〝冬ソナ〟で盛り上がるというおまけもついた。

お寺も仏像も遺跡もくっきりはっきりして、なんか舞台装置みたいにあっけらかんとしている。

戯画的な明るさで中国や日本の仏教のような荘厳さが感じられなかった。親しみやすい印象で、それが(仏教徒95%という)人々の表情、生活にも反映している気がした。

マッサージの女の子はころころ太って屈託のない明るさ、少ないチップに目を輝かせて、心からのお礼を示す。

赤信号で止まった車に物を売りにくる小さな裸足の子供の表情にも暗さは微塵も無い。そんなに深刻にならなくても、人生はその日を精一杯生きればいいんだよ。やがては死んで、又生まれて来るんだから……とでも言うかのように……。

ハイウェーを走っていると、乗り合いバスのようなドアもない車に乗客が立ったまま

100キロ位のスピードで走っているのに驚く。もし事故が起きたらひとたまりも無いと思うがみんな平気な顔で談笑しているのが見て取れる。

足元に置いた買い物の荷物が鉢植えの花だったりするのだ！　なにもそこまでして花なんか買わなくたって……と気になる。

そうかと思うと、小さなバイク一台に家族4人！がびっしり団子状に連なって走っているのによく出くわす。

それが時にはこちらの車線を真正面から走ってくるのだ！　アワワワ、とこちらが真っ青になる前に、さっとかわして過ぎ去って行く。

こちらには交通法規や警察はないのか、とガイドさんに聞くと、〝いや、勿論あるにはあるが、なかなか守られない。

警察沙汰になっても賄賂社会なので、お金で決着をつける。免許証だって買えるんですよ〟との事。地獄の沙汰も金次第ってとこらしい。あな恐ろしや！

法や保険等で一応、それなりに守られた我々の秩序ある社会の生活と日々、お祭りのような混沌の中で面白おかしく生きる彼らとどちらが幸せだろうか……察するに、少なくともこちらには虐めや自殺やノイローゼはないのだろうな……などと考えさせられたタイの景色だった。

バルセロナにて　２００６年１月27～29日

2泊3日のバルセロナは丸二日降りっぱなしで寒くて観光には最悪でした。さらに、複数の友人の忠告通り、あのラマダ通り（海へ続くプロムナード）では、ばっちりスリに出くわした！

でも並んで歩いていた夫が間一髪のところで本能的に察知して、事なきを得たけれど、思い出すだけでも冷や汗もの。

悪天候のため、人通りはまばらだったのに、なんだか近くに寄りすぎて歩く黒っぽい服装の若者がいるな……と夫は殆ど無意識のうちに注意の10分の1程を払っていたそう。

ブラブラ歩いてた時、突然、〝Hei!〟という夫の大声に驚きキョトンとしていると、彼がそいつの腕を捕まえたまま〝リュックのファスナーが開いているぞ、すぐに中をチェックして！〟と言う。

ビックリして下ろしてみると、本当にぱっくり開いている！　中に入れておいた折りたたみの傘が無くなっているが、財布やパスポートはあった！

そこでソイツの腕を放してやると、〝自分は何も取っていない、ホラ、見てごらんＯＫ？〟とニヤケながら言う。

確かに広げた彼の手にあったのは私の傘ではない傘だった。それで、逆に、言いがかりをつけられないかと私は怖くなって、〝ＯＫ、ＯＫ、お前は確かに何も盗んでいない〟と言いながら逆にこちらが謝ったけれど。

後からよくよく考えてみると、おそらく2人組の連携プレーで、まずは邪魔になる傘を取り除いて、仲間に渡し、証拠が残らないように、そしていよいよ目当ての財布、というまさにその瞬間に夫に閃きがあったのだ。

その3年前、少し南に下ったアリカンテでもスリにあい、危機一髪でその難を逃れた経験があるのです。

私のリュックはかなりしっかりした作りで自分で開けるにも、もう一つの手で押さえなければそう簡単には開かないものなんだけれど。

それを何一つ気取らせずに開けた、そのプロフェッショナルな腕前には脱帽！　さすがは熟練者と、今は余裕で感想など言えるが、あの直後はショックでへこんでしまった。

さて、寒い中、ガウディのサグラダファミリア教会へ、ここでは中の狭い階段を歩けるところまで上がり、その壮大さに圧倒されました。

200年も工事中だなんて……気の短い「諸行無常」の日本人には想像を絶する。近くにいた日本人観光客の一言〝こんなもん、大林組か竹中工務店に発注すれば、半年もかからんよ〟には思わず笑ってしまう。

それから、夫に付き合って、FCバルセロナのスタジアム見物。その荘厳な雰囲気に圧倒されて、夫曰く、フットボールと簡単に言うけれど、これはもうカタラン人にとっては一つの新興宗教だ、と。

中の陳列館、ダリの美術館をみて本当にそんな空気を感じた。ここは彼らにとってはただの競技場ではなさそう。売店で、バルセロナファンの甥っ子のお土産にユニフォームを、自分用にはロゴ入りの雨傘を購入する。

夜は例によって、安くて、美味しい寿司バーをホテルの近くで見つけ、寿司ばかりでなく餃子や天ぷら味噌汁等をスペイン式居酒屋風に少しづつ注文。

こちらでもカナダほどではないが寿司はすっかり浸透した感じ。メニューも全て、日本語をローマ字で書いてあって、その説明がスペイン語や英語でした。例えば、〝落とし揚げ〟〝野菜てんぷら〟〝餃子〟といった調子。

ドナウ川自転車旅行　2006年7月22日～31日

南ドイツ、ドナウエッシンゲンからオーストリアとの国境、パッサウまでのトータル走行距離600キロ余りを文字通り、草の根を分け、地を這うように走った（実際トウモロコシ畑の中ではエッチラオッチラ道を渡る芋虫達をよけての回転走行！バーデン、ビューテンベルグ、バイエルン地方の沢山の小さな村々は、どこも清潔で可愛らしく、それでいて中世の面影を宿してしっとりした佇まい。

殆どが川沿いの平らな道を、一日平均80キロ、右に左に見え隠するドナウ河をガイドラインにひたすら東へ東へとペダルを漕ぎ〝このままシルクロードを突っ走り、ヒマラヤを越え……日本まで走れそう！〟などと大言壮語するほど絶好調で連日35～36度の炎天下をひた走った。

ただ暑かった！　夜になっても気温は下がらず、自転車そのものより、熱帯夜のような暑さによる睡眠不足でぐったり、小さな村々のホテルには冷房装置なんて備わってないのだ。

何とか一雨欲しいな……濡れたっていいから……との願いも空しく、来る日も来る日もあっけらかんとした青空の下、かの「美しく青きドナウ」はあちらこちら干からびて、ひび割れた川底を露呈している。

尤もこの「黒い森」の小さな泉やせせらぎを源泉とするドイツ側のドナウは、川というよりは溝や水溜りの連なりで、時には何処に水が流れているの？　と言いたくなるような、水量も流れも殆どない湿地帯なのだけど。

それが東へ東へと進むにつれて幾多の流れが集まり合わさって、パッサウあたりからようやくシュトラウスの曲のイメージの大河の様相を呈してくるのだ。

そこからが各国の豪華クルーズ船などが行き来する観光のメインストリートである。

ミュールハイム、リードリンゲンを過ぎ、お伽話の舞台のような美しい水の都ウルムでは運河のど真ん中にある今にも倒れそうな古い館をホテルに改築した、その名も

「Schiefeshaus（傾いた家）」に泊まる。

ちょっと歩くと壮大なカテドラルが迫り、その手前に超モダンなガラス張りの巨大なピラミッドがそびえている。

公立図書館とのことだが、新旧建築の対比がシャープで、〝ホォー！〟という複雑な思いの吐息が漏れること請け合い。ここのお役人はとても斬新！

四日目、ウルムからドナウヴェルトまでが最長記録で110キロ！　その上タイヤのパンクが2回もあったりして長い一日となる。

アウディーの城下町インゴルシュタッドを後にして、六日目はレーゲンスブルグ、ドイツ最古という水道橋のかかる中洲にある正にドナウ川の真っ只中のホテルに2泊。

一日、自転車は休憩してバスで市内観光。観光客がごった返し、陽炎が立ち昇るような街中の熱気に疲れた私は、ビアガーテン（夏の日本のビルの屋上なんかにある提灯のぶら下がったアレではなく……至るところにあるドイツの屋外喫茶店）に行くという夫たち3人と別れてホテルに戻る。

寝転がったベッドから見える、さっき見物してきた大聖堂のゴシック尖塔が青空を背景に額に入った絵のよう。

ああ、私はレーゲンスブルグにいるのだ、「ドナウの旅人」なのだ……と、かれこれ20年以上も昔に読んだ宮本輝の小説をなぞってみる。

内容はうろ覚えだが、「雨の砦」というその名の通り、氷雨のそぼ降るこの町は重要な舞台の一つなのだった（今回の旅行にも限られた荷物の中に、この文庫本を忍ばせたものの……読む時間は殆どない）。

一休みしてからぶらりと外に出る。しばらくホテルの裏を流れるドナウの支流沿いの散歩道を歩く。

鬱蒼と茂る並木道には所々ベンチがあるが、さっきの中心広場の喧騒がウソみたいにひっそりとして人っ子ひとりいない。

ホテルに隣接した川のほとりのビアガーテンに入り、この旅行中よく飲んだ“Radli”というサイダー入りの甘いビールを注文。

ぼんやり川を眺めながら、しばしドナウの旅人に想いを馳せる。

夜は彼らが見つけて予約しておいたビショプスホフという大聖堂裏の中庭にある由緒あるレストランで過ごす。

ここから垂直に仰ぐ大聖堂の二つの尖塔は千年余の時を経た今も、その絶対的権力を誇示して立ちはだかり、その下に蠢く人間の小さな営みを睥睨するかのよう。見上げるとめまいを覚える。

さて、同行したのは友達スイス人夫婦で4月にマジョルカ島へも一緒した二人。このマジョルカツアーに備えて彼らは一月から地下室でトレーニング用ロールを漕ぎ、何と、夫婦ともに体重を5キロも落として意気洋々の臨戦態勢だったのだ！

二人は相当の自転車オタクでシャツからパンツ靴下にいたるまでブランド物でがっちり固め、心拍数やコンディションを数値で示すコンピューター付の時計は勿論のこと、自転車に至っては彼女の体型に合わせて作られた特注ものをマジョルカへ空輸しての完全装備！（他の3人はレンタルだが、これでも自分のものよりハイレベルなのだ！）

私は……と言えば、自転車のりは好きではあるが、マニアックなスポーツラーとしてではなく、田園風景を楽しみながら、風をきって走るのが爽快……という程度、登りになったとたん、意気阻喪してしまう根性なし。

地下室で黙々とローラーを漕ぐなどというストイックなトレーニングなんて論外。

シャツやパンツも夫や息子が着なくなったものを（毎年なんだかんだと買い貯めたものが箪笥から溢れて、それが夫婦喧嘩の原因にもなる！）適当に見繕って着ているが、それで充分。

こんなに捨てるほどあるのに自分用にわざわざ買うなんてモッタイナイ……というケチケチ主婦根性の私と彼女は意気込みからして雲泥の差！

マジョルカ島の後も、彼らは週末など、別荘のあるワリスで方々の峠をマウンテンバイクで制覇して来た由、時々送られてくる写真つきのメールに何となくプレッシャーを感じて溜息をついていたのだった。

マジョルカ島の時は宿泊ホテルから色々なコースを選んで走り、又戻るというパターンだったので、今日は疲れたのでプールサイド……なんて逃げ道もあったが、今回はそういう訳にはいかない。

完璧に敷かれたレールの上を次の目的地まで走るきゃないのだ！　結局、なんだかんだと言いつつ、無事640キロを走破。

全行程で一番きつかったのが最後チューリヒ駅からうちまでの12キロだったたっていうのが冗談のような本当の話。


最終目的地のパッサウは3つの川が合流して大河になる美しい町。さらに東へ東へといくつもの国境をこえ黒海へ注ぐドナウ川。

あんなに沢山走った気がするのに、私達が走ったのは全長2860キロのほんの五分の一だった！


一日、遊覧船に乗ったり、中世の面影の色濃い石畳の細い路地裏や坂道を歩き回り、疲れるとビアガーテンで一服。

たまたま日曜日だったので、ミサに参列したセント・シュテファン大聖堂のバロック様式の豪華絢爛な大伽藍に心を奪われその世界一の規模を誇るパイプオルガンに圧倒される。

〝荘厳な〟という形容詞がこれほどぴったりな対象を他に知らない。耳をつんざくような響きがあの空間では天国の歓喜の音楽となる。

是非いつか例えば、復活祭にマタイ受難曲なんか聴いてみたいものだ。こんな不埒な私でも罪を悔い改めるべく神様の前にひれ伏したくなるかも……などと考えた。


しかし、それより何より認識を新たにしたのは、この地方のドイツ人の親切なこと、それは驚くばかり！

なんだかまるで、みんな一日一善運動かなにかでポイント集めでもしているの？って位、止まって地図を出したら必ず誰かがやってきて色々教えてくれる。

シャツも自転車のリヤカー（ペアにつき一台）にも赤地に白十時のスイスの国旗を立てているので〝グリュエツィ！〟（コンチワ）とか〝ホップシュビーッ！〟（頑張れスイス！）などとあちらこちらから声が掛かる。まるで大会に出場している選手になった気分で嬉しい！


〝暑かったでしょ、大変だったネぇ〟などとエプロン姿で出てきてねぎらう宿の女将さん、リヤカーの荷物下しを手伝い、ガレージを開けて手際よく自転車を片付けてくれた吊り付き半ズボンの親父さんなんかホテルのオーナー夫婦というより、久しぶりに帰った実家という雰囲気だった。

昔風でシンプルだった八日目のボーゲンの宿でも懐かしい親戚の叔父さんみたいなオーナー、それもそのはず、あのロミー・シュナイダー扮するみんなのアイドル、「シシリー」の父親役の俳優にそっくりで、なんだか可笑しかった。

バイエルンは彼女の里、ゆかりの地であったのを思い出した。

方々で接したウェイターやウェイトレス達も押しなべて感じがよかった。これって何なのだろう。

大小数限りなくある教会に象徴される隣人愛？　それだったらスイスだってそうだけど……この違いはなんとなく、イギリス人とアメリカ人の違いに似ているのでは？

それに食べ物が、安くて中々美味しかった！　こんな近くに素晴らしい休暇先があったなんて、これぞ、灯台もと暗し。

又行きたいな……と思わせるこのホスピタリティ。そうだ！この次は「ドナウの旅人」をなぞって「ある日いっせいに花が咲いて春になる日」（本文より）あたりに。

富士山ツアー　２００６年10月　東京－河口湖－京都－大阪

10月22日、一足先に大阪に滞在していた私は、その日、成田に到着の友人（スイス人）夫婦と夫の一行に合流するため東京へ。

東京での三日間は雨にたたられながらも、新宿、渋谷、池袋などの盛り場、秋葉原、浅草、皇居周辺、銀座などを案内して歩き周り、足の向くまま、気の向くままの食べ歩きを楽しむ。日本はどこでも食べ物が安くて美味しい！

四日目の朝、東京から中央線大月経由で河口湖へ。荷物を駅で預け、近くのロープウェイで天上山（カチカチ山伝説）へ上がり靄のかかった北斎の版画のような富士山の雄姿を仰ぐ。

湖へ続く野生のアジサイ群生地のハイキング道を降りること一時間余り。湖岸のお土産店にはバスでやってきた観光客で賑わっていたが、湖は閑散として貸しボートの親父さん達が人待ち顔で手持ち無沙汰の様子。

そこで、白鳥の形をした二人乗りボート漕ぎをすることと相成った。

二手に別れたので、事の詳細は後から聞いたのですが、沖合いまで行ったところで、Stephanが素っ裸になり、飛び込んで泳いでいたら、早速、監視のモーターボートがすっ飛んで来て、〝ダメだ、ダメだ、上がれ！〟という。

意味が分からず、スッポンポンがいけないのかと、〝OK、OK〟と言いつつ、ボートのへりにつかまり、顔だけ水から出して、あちらが立ち去るのをいつまでも待つが〝ダメ、ダメ、すぐに上がれ〟を繰り返す。

仕方なくボートに上がり、一件落着。その漫画みたいなシーンが可笑しくて後から思い出しては笑った。

10月の末にポカポカと暖かかったとは言え、水温は結構低かったので、泳ぐなんて誰も思いつきもしないものだから、係りの人もこのヘンな外人にびっくりするやら、可笑しいやら。

理由は日本的な、あまりに日本的な……もしも心臓発作を起こされたら、責任問題と言うわけ。

でもこのStephanは内科医なんですよ。それも天真爛漫な！　それがまた可笑しくて大笑い。


さて、今夜の宿は、湖をはさんだ駅の丁度反対側に位置していて、ネット検索の時、移動が面倒かな……迷ったけれど、もし天気が悪い時にホテルで過ごせるような環境であることと、ネットで泊まった人の書き込みを読んで決めたけれど、一人一泊二食つき¥12600というのがちょっと安すぎて、着いてみるまでちょっと心配だった。


丁度改装中で、ベストの状態ではなかったものの、思った以上の外観、ゆったりした部屋、サービスもよく、食事はこれ以上望めない最高の内容だった。

露天風呂からの富士山はもう絵葉書そのもの。殊に、男湯からの景観は格別と男達は大満足。女湯のほうは一階にあって前方に柵があるので、湯に浸かりながらでは見えないのがちょっと残念だったが……。

外人客の多いのが目立った。お風呂で一緒になった若いオランダ人、その日パートナーと一緒に富士山5合目から8合目まで登って来たと楽しそうに語った。

翌日は待望の富士山ツアーへ。下界は曇っていたけど、五合目まで行くと青空を背景の富士のてっぺんが頭上に屹立。

下方に雲海を臨みつつ、その辺を2時間くらいハイキング……といってもきれいに舗装された散歩道、所々にピクニック用のテーブルや椅子があり、あたりの植物には名前や説明まで！（そこまでするなって言いたくなる期の回しよう）

高山植物の途切れたあたりはまるで最近掘り返されたという感じの柔らかそうな地面で大雨になったら地崩れしそうな山肌。

そのせいかどうかあちらこちらで地固めの工事中。スイスのゴッゴッした自然な岩山を見慣れている目には手入れの行き届いた大きな公園っていう印象。

下山のバス時刻に合わせて集合場所に戻ったら、さらに沢山の観光バスや車が到着。ガイドが写真はどこからがよく撮れるのか説明し、人々はその後ろにゾロゾロ続く。

天気の変わりやすい頂上あたりの雲が切れるとあちらこちらから歓声が上がる！この機会を逃さじ……とばかりにシャッターを押す人々を横目に、これってショーなの！と白けるへそ曲がりな私。

　このようにして幾百幾千のカメラが新雪を頂いたこの霊峰を収めたことであろう。しかし私にはここからの富士がちっとも美しいとは思えず、むしろ、近くの屋台から漂いだすイカ焼きの香ばしい匂いに魂を奪われ、そのこんがり狐色に焼けて並んだプチプチとはちきれそうな胴体から目が離せなかった（夕食を控えてジッと我慢）。


　三日目、出発は昼前なので、ホテルのポーチにとめてあったチャリンコを駆って夫と朝飯前にちょっと湖の周辺を走ることにした。

　様子も距離も分からないので、とにかく、30分走ってから引き返すと決めて走り出したら、あっという間に昨日歩いた大橋に着き、なんと一時間でギアもないオンボロ自転車で16キロを一周してしまった。

　朝焼けの富士を仰ぎつつ早朝の静かな湖畔を走るのは気分爽快。多分まだ夢の中であろう友人夫婦を思いながら（キャンピングカーでどこへでも行く彼らは地球は我が家とばかりにどこでも実によく寝る！）早起きは三文の徳（得？）だと納得！

河口湖を後にして、バスで三島、三島から新幹線で京都まで。京都は宿が中々とれず、やっと取れたところは郊外の伏見城が見えるところ。

色々乗り継いで何とかたどり着き、一息するのも束の間、早速、明日の京都観光の予約、手配、今夜の行動……やれやれ、ガイドとしてストレスの極み！

夕食後、四条河原町に出て、ライトアップした八坂神社、夜の祇園の御茶屋街を散策。昼間は何回も来たことがある観光客でごったがえすこの界隈、この時間は人通りも少なくしっとりとした佇まい、暗い路地裏で期せずして本物の舞妓さんを発見して4人で湧く。

さて、明日の京都観光の後は旅の最終目的地大阪に着く長い一日。どんなハプニングが待っている事やら！

ボーンホルム島、ライプツィヒ紀行

2007年7月22日～31日

まるで飛行機の離陸助走で今にも空中にふわっと浮くかと錯覚した最高速度230キロのアウトバーン走行では肝を冷やした！

買い換えたばかりの新車をぶっ飛ばしたいという夫の希望で初日はドイツの北東端ミューリッツまでの970キロを、アウディはサバンナを疾走する豹のごときしなやかさ、猛々しさを安定感の中で見事に発揮した。

そこ退け、そこ退けと、ばかりに辺りの車を蹴散らして味わったつもりの優越感もほんの束の間、すぐ後ろに迫るもっと上手のスピード狂に道をあけねばならず、その辺はゲーム感覚でまるで話し合ったようにスムーズなのだ！

車なんて安全に移動できればいいという程度の私には神経の磨り減ることこの上もなし。常日頃走っているスイスのアウトバーンに速度制限があってよかったとつくづく思う。

翌日はのんびり走行で、ベージュの絨毯を敷き詰めたような収穫まじかの麦畑や緑の田園地帯を通り抜けリューゲン島へ。

島といっても橋で繋がっているだけの見渡す限り平らで遮るもののないその9割が空という風景の何という広大さ！

島のホテルにチェックインして小さな町の駅前通りを散策。駅舎周辺は古く薄汚れて、まるで映画のセットのようだ。

線路は雑草がはえ柵は朽ちて無人の駅は廃墟のようだが電車は走っているようだった。ここがこの間まで東ドイツだったことを思えばさもありなん……だろう。

三日目、ボーンホルム島行き12時半出航のフェリーに乗船。バルト海に浮かぶこの島はデンマーク領だが地理的にスェーデンやドイツの方が近いという歴史的背景がある。

それはさておき、デッキは本国や近隣諸国から夏休みを過ごしにやってくるキャンピングカーや乗用車、オートバイや自転車が寿司詰め状態。客室フロアーはすでに満席で床に座る人やデッキで過ごす人も大勢いる。

この人気のリゾートアイランド、北欧の人達には〝あこがれの南の島〟なのだが……青空の下に広がる赤茶色の壁にレンガ色の屋根——北欧独特の港の風景は、私にはやや短調のうらぶれた〝北帰行、旅路の果て〟という景色に見えた。

風が強く不安定な天候、それでもこんな地の果てまで自転車を積んで来たんだからと、5泊のうち3日はめげずに走った全走行距離200キロ。周囲100キロ程の島を縦横に森を抜け野を渡り、小さな町々をめぐり、廃墟の城砦から北の海を眺め、白いサイロのような教会の塔に登り、手作りケーキという道端の立て札に惹かれて入った小さな民家での静かな時間。

船やホテル、レストランで出会った現地の人々はあまり観光ずれしていない、どちらかと言えば朴訥という印象で、最初のうちはやりとりにまごついた。質問にはちゃんと答えてくれるがそれでおしまい。どこから来たの、も、おススメや郷土自慢もない。素っ気ない。物足りないといえば物足りないが、時間が経つにつれ、それもまた自然で心地いいと感じられる。

島からの帰途、どしゃ降りのアウトバーンを往きとは打って変わったノロノロ運転で、ライプチヒへ。

受付では、それまでと真逆の都会のホテルの接客の典型をみたようで思わず夫と顔を見あわせた。多すぎず、少なすぎず、必要な情報を伝えるが事務的という訳ではない。気持のいい笑顔で〃はい、何でございましょう〃という姿勢それは多分世界最古で最大級のメッセ、見本市の町として洗練された「おもてなし」の伝統に由来しているのかも。それに北欧と違って物価も安いのが嬉しい……という次第でライプツィヒは第一歩から好印象。

まず、ヨーロッパ随一という駅の規模や内実に目を瞠った。同じ旧東独でもリューゲン島のうらぶれた駅とは雲泥の差。

勿論、ほんの少し奥に足を踏み入れるとやはり統一前の名残りは歴然だが……。

さて、ライプツィヒといえばその昔、音楽の父バッハが人生の大半を過ごし、膨大な数の曲を作曲し、二人の妻との間に何と20人（！）の子供を作った豊饒の地でもあるのだ。ウィーンに負けず劣らずの音楽の都で、若き天才メンデルスゾーンやシューマンが闊歩した文化の花開く町という、にわか知識を頭に入れ、バッハが働いていたトーマス教会や展示館を見学。

教会はこじんまりした普通の、バッハという付加価値がなければどうということもない地味な教会。

バッハの墓も近年になってようやくここに安置されたそう。そのくらい、彼は生前は評価されず、処世面で苦労が多かったようだ。

肖像画のバッハは謹厳実直のイメージで実際、勤勉と倹約が服を着ているような人物であったらしい。

大所帯を切り盛りするには当然であったかもしれないが金銭面や名声にこだわる俗物という印象も拭えない。家計簿をにらみながら、せっせと子作りに励むバッハ、それと人智を超えるあの荘厳な神の次元の音楽が重なりにくい……人物と作品は別のものなんだろうな……などとお墓の前で不謹慎にも人間臭いバッハ様に親近感を覚えなくもない。

かの名作〝アマデウス〟のひそみに習って〝セバスティアン〟で映画を造っても面白くないだろうな……と誰かが言ったが、同感！　モーツアルトのような愛嬌、天真爛漫はこの御仁には求めるべくもない。

ゲヴァンドハウスから歩いて10分程のところにメンデルスゾーンの生家があり、こじんまりした展示館になっている。

裕福な家庭の生活感がそのまま残っていて興味深い。バッハの音楽は彼によって長年の眠りから醒めるのだ！

音楽史上の二つの巨星が時空を越えてが饗応した雨上がりのライプツィヒはすでに初秋の気配が忍び寄っていた。

いのちのヨーガ合宿

2009年7月10〜13日

＊＊＊このレポートはチューリヒ湖畔のご自宅を開放して図書館やヨガの集まりを企画して下さるすみこさんの提唱で参加した時のもの。「いのちのヨーガ」の他に五木寛之氏との対談集「気の発見」などの著書のある望月勇氏はロンドンを拠点に活動するヨガと気功の指導者。

モンテ・ヴェリータ（テシン州・アスコナ）

浮世離れしたようなあのヨガ三昧の日々から早くも一月あまり。以来、半ば習慣化した朝の略式ヨガを行う時に、ありありと甦ってくるのは、あの清々しいサンクチュアリーの佇まいや、道場、周りの皆様、そして望月勇先生ご指南の様子……と、いまだにその余韻に浸りつつ……。

修学旅行さながらのウキウキ気分で、チューリヒからアスコナへの道中は仲間同士、ワイワイお喋りしながらお弁当を広げてピクニックを楽しんでいるうちに目的地到着。

小高い山の上にある滞在先モンテ・ヴェリータはマジョーレ湖畔の繁華街がすぐ下に位置しているのに、まるで別世界のような雰囲気。

燦燦と夏の陽の降り注ぐチャクラの道やその奥に続く深い森には小さなお茶畑や茶室までであり、ここは本当にスイス？　という錯覚に捕われる。

さて、チェックインもそこそこに、早速2時間半のヨガ！　短い夕食が終わって、さらに就寝直前までびっしりのプログラムにそれまでの浮いた休暇気分がぶっ飛ぶ！

前々からオーガナイザーのすみこさんから聞いてはいたけれど、これはかなりきつくなりそう……タジタジ。

翌朝、7時から朝食前のヨガを皮切りに21時30分までびっしりのスケジュールにため息……（トイレに行く時間がない！　万事休す！）。

昼食後に2時間余りの自由時間があるのみの何と一日トータル8時間半。三日目も然り、最終日も午前中だけで4時間も！

何だか一分一秒たりとも無駄にすまい……という先生の並々ならぬ意気込みを感じる。おお！　頑張らねば！

とは云え、高校生の運動クラブの合宿ではないのだ、そもそもヨガとは心身一如のリラックスなので、スケジュールをみてビビるのは見当違いなのだと事後に納得。ポーズとポーズの間に先生のユーモアのある講話が挟まれ、「気」の不思議を体感したり、童心に返ってゲームに興じるような和気藹々の3時間は実質上、寛ぎの、癒しの時間でもありました。

「気」の不思議といえば、コース終了後もそのエネルギーが体内に留まり続け、翌日の帰りの電車の中でもいつまでも腕や肩の回転が止まらなかったM子さん、そして、何より驚いたのは今回、私自身が「気」に感応したこと。

それまで遠まきに、他の人の大袈裟な動きに半信半疑の目を向けていると、じゃあ、試してみて、と背中を押されて先生と対峙するや、アラ不思議！　体が脳の命令を無視して先生に操られる感じ！　それが二度も！（一度ではまだ信じられず、再度挑戦した結果）自分の中に意識革命が起きた瞬間！

イギリス、フランス、ドイツ日本、そしてこのスイスの各地から一人で、友達同士で、親子で、夫婦で、グループでと色々な組み合わせで参加された様々な職業の年齢もまちまちの総勢40人余り。

そんな面々と、毎回、随意に囲んだテーブルで自然に打ち解けて、ヨガを始めたきっかけや来し方、職業についての悩みや喜びを面白おかしく語らいながらの貴重な一期一会の時間が流れたのでした。

あとがき

　あちらこちらに旅行した折のパンフレットや切符の半券や地図の切れっ端し等など、いつか旅行記を書くときの資料にとキープしてきたが、その〝いつか〟は中々訪れず時間はどんどん過ぎてゆく。

　日々、物が増えていく中で、なんとかすっきり片づけて快適に暮らしたいと、巷で人気の「片づけ本」等を読む一方で、この資料の山も何とかしなければ、でもどこからどんな風に手を付けようかと思い悩むばかり。そんな時に、偶然行き当たった所が「大阪文学学校」という詩やエッセー、小説の専門学校でした（後半の部分は以前に書いた物を追加）。

　毎週毎週、締切りに背中を押されながら、絞り出すような思いで書いた物がこうして形になったことは大きな喜びです。

　これはひとえにクラスメイトの意見や感想、そしてチューターの中塚鞠子先生のご指導のお蔭です。こうしてつい数年前までは思ってもみなかった「出版」という運びにとても感謝しています。

時間をかけて育み、温めてきたものが日の目を見る。それは何だか「自分の子」を無事出産した心境です。担当の松村さん、色々とありがとうございました。

著者略歴

ルーティスハウザー・徳野美代子

鹿児島県出身　　大阪在住

1974年~1976年　ロンドン（イギリス）

1979年~2012年　チューリヒ（スイス）

帰国おばさんのワクワクドキドキ旅日記

二〇一六年十二月十日発行

著　者　ルーティスハウザー・徳野美代子

発行者　松村信人

発行所　澪　標《みおつくし》

大阪市中央区内平野町二-三-十一-二〇三

TEL　〇六-六九四四-〇八六九

FAX　〇六-六九四四-〇六〇〇

振替　〇〇九七〇-三-七二五〇六

印刷製本　株式会社ジオン

DTP　山響堂pro.

定価はカバーに表示しています

落丁・乱丁はお取り替えいたします